KB190069

플러시!

그 개의 전기, 버지니아 울프 기록

플러시*!*

그 개의 전기, 버지니아 울프 기록

초판 1쇄 인쇄 2023년 5월 1일
초판 1쇄 발행 2023년 5월 5일

지은이 버지니아 울프
옮긴이 서미석
펴낸이 김연희

펴 낸 곳 그림씨
출판등록 2016년 10월 25일(제406-251002016000136호)
주   소 경기도 파주시 광인사길 217(파주출판도시)
전   화 (031)955-7525
팩   스 (031)955-7469
이 메 일 grimmsi@hanmail.net

ISBN 979-11-89231-50-7 03840

플러시!

그 개의 전기, 버지니아 울프 기록

버지니아 울프 지음
서미석 옮김

그림씨

차
례

일러두기

1. 원서의 주(원주)는 원문에서처럼 본문 뒤에 넣었으며, 본문의 이해를 돕기
   위해 옮긴이가 각주를 달았다.
2. 원문에서 이탤릭체로 강조한 부분은 진하게 표시했다.
3. 단행본은《 》로, 작품은〈 〉로 표시하였다.

첫

번

째

이

야

기

스리마일크로스

이 전기의 주인공이 아주 오래된 가문의 후손이라는 것은 널리 알려진 사실이다. 그러므로 그 가문의 이름이 어디에서 유래했는지 모르는 것은 당연하다. 수백만 년 전 창조의 격변으로 요동쳐 현재 스페인이라고 불리는 땅이 생겨났다. 오랜 시간이 흘러 초목이 돋아났고, 자연의 법칙은 초목이 돋아난 곳에 토끼가 생겨나라고 명했다. 신은 토끼가 생겨난 곳에 개가 생겨나라고 했다. 이 점에 대해서는 문제 삼거나 토를 달 여지가 없다. 그러나 토끼 잡는 개를 왜 스패니얼이라고 부르는지에 대해서는 의혹과 이의가 제기된다. 어떤 역사가들은 카르타고인들이 스페인에 상륙했을 때 모든 수풀과 덤불에서 토끼들이 날쌔게 튀어나왔고, 그때 병사들이 일제히 "스팬! 스팬" 하고 외친 데서 기원한다고 주장한다. 그 땅은 토끼들로 우글거렸다. 그리고 카르타고어로 스팬은 토끼를 의미했다. 그래서 그 땅은 토끼들의 땅, 즉 히스파니아로 불렸고, 토끼를 맹렬히 뒤쫓는 것으로 알려진 개들은 토끼를 쫓는 개, 즉 스패니얼로 불렸다.

이쯤에서 이 문제에 대한 토론을 마무리하는 데에 많은 사람들이 만족하겠지만 사실 다르게 생각하는 학파가 있음을 덧붙여야 한다. 다른 주장을 펴는 학자들에 따르면, 히스파니아라는 말은 카르타고어 스팬과는 아무런 상관이 없다고 한다. 히스파니아는 가장자리, 또는 경계를 뜻하는 바스크어 에스파냐에서 유래한 말이다. 만약 그렇다면 토끼, 덤불, 개, 병사들이 등장하는 낭만적이고 유쾌한 이야기는 모두 잊어야 한다. 그리고 스페인이 에스파냐라고 불리기 때문에 스패니얼도 스패니얼이라고 불리는 것뿐이라고 단순하게 생각해야 한다. 또 다른 제3의 학파는 남자가 애인을 요물이나 원숭이라고 부르듯이 스페인 사람들도 좋아하는 개들을 꼬부랑이 또는 험상쟁이(에스파냐라는 말에 이러한 의미가 들어 있을 수 있다)라고 불렀다고 주장한다. 생긴 모습과는 완전히 정반대의 이름으로 불렸다는 말인데, 너무 기발하여 진지하게 받아들이기에는 무리가 있는 억측이다.

이러한 주장들과 여기서 더 이상 논의할 필요가 없는 가설들을 무시하고 10세기 중반 웨일스로 가 보자. 이미 그곳에 스패니얼이 있었다. 누군가의 말에 따르면 수백 년 전 에보르 또는 이보르라는 스페인 가문이 스패니얼을 들여왔다고 한다. 10세기 중반에 이미 높은 명성과 가치를 지닌 개가 되었다. 웨일스 왕 하월 다Howel Dda는 법전에 "왕의 스패니얼은 1파운드의 가치가 있다"고 정해놓았다. 948년에 1파운드로 신부, 노예, 말, 황소, 칠면조, 거위를 얼마큼 살 수 있었는지 생각해 보면 스패니얼이 이미 높은 명성과 가치 있는 개였다는 것이 분명하다. 그는 이미 왕의 옆자리를 꿰차고 있었다. 스패니얼 가문은 많은 유명한 왕가보다 앞서 존경을 받았다. 플랜태저넷 가문, 튜더 가문, 스튜어트 가문이 차례로 왕위 쟁탈전을 벌이는 동안 스패니얼은 왕궁에서 편하게 지내고 있었다. 하워드나 캐번디시나 러셀 가문이 스미스, 존스, 톰킨스 같은 평민 집안을 넘어서 명문가가 되기 훨씬 전부터 스패니얼 가문은 존귀하고 고고한 가문이었다. 그리고 수백 년이 흐르면서 직계 혈통에서 여러 방계 혈통들이 갈라져 나갔다. 영국 역사가 흐르는 동안 점차 클럼버, 서식스, 노퍽, 블랙필드, 코커, 아이리시워터 그리고 잉글리시워터 등 최소한 일곱 가지의 유명한 품종이 생겨났다. 이러한 품종들은 모두 선사시대의 스패니얼 순종에서 갈라져 나왔지만 각기 특징이 다르기 때문에 품종마다 누린 영예도 확실히 달랐다. 엘리자베스 여왕이 즉위했을 무

첫 번째 이야기 스리마일크로스

렴 여왕의 총신이던 필립 시드니 경은 개들 사이에도 귀족 계급이 있다고 주장했다. 그리고 목가적 산문집《아르카디아Arcadia》에서 다음과 같이 언급했다. "귀족 계급에 속하는 품종으로는 …… 그레이하운드, 스패니얼, 하운드 등이 있는데, 첫 번째는 영주, 두 번째는 영주의 신하, 그리고 마지막은 자작농에 해당한다고 할 수 있다."

스패니얼이 인간의 사례에 따라 그레이하운드를 자기보다 신분이 높은 개로, 하운드를 더 낮은 개로 여긴다고 가정한다면, 개들의 서열이 인간의 서열보다는 좀 더 타당한 근거가 있다고 인정해야 한다. 적어도 스패니얼 협회의 규정을 연구한 사람이라면 그렇게 결론 내릴 것이다. 그 규정은 스패니얼 몸체의 위엄에 따라 뛰어난 스패니얼과 그렇지 못한 스패니얼로 구분했다. 예를 들면 눈 색깔이 밝은 것은 별로 좋지 않으며, 귀가 둥그렇게 말리면 더 안 좋다. 코가 날렵하거나 머리털이 너무 덥수룩하게 태어나면 끔찍하다. 스패니얼의 장점 역시 마찬가지로 분명히 정의된다. 머리는 코끝에서 완만하게 솟아올라 평탄해야 한다. 두상은 비교적 둥글고 지능을 충분히 발휘할 수 있게 잘 발달되어 있어야 한다. 눈알은 꽉 차되 흐리멍덩해서는 안 된다. 표정은 전체적으로 총명하고 온순하여야 한다. 이러한 특징을 보여 주는 스패니얼은 권장되고 번식되어야 마땅하지만, 머리털이 덥수룩하고 코가 날렵한 스패니얼은 누려 오던 특권과 혜택을 박탈당해야 한다. 그러므로 심사관들은 그러한 규정을 정했고, 지금도 정하고 있으며 규정이 확실히 준수될 수 있도록 벌칙과 특권을 부과한다.

이제 인간 사회로 시선을 돌려 보자. 얼마나 큰 혼란과 혼돈을 마주하는가. 인간이라는 품종에 대해서는 그러한 권한을 행사하는 협회가 없다. 그나마 스패니얼 협회에 가장 가깝다고 할 만한 것이 문장원* 정도이다. 그곳은 적어도 인간 혈통의 순수성을 지키려는 시도는 한다. 그러나 명문 출신을 가늠하는 것이 무엇인지, 즉 눈동자 색깔이 밝아야 하는지 짙어야 하는지, 귀가 말려야 하는지 쫑긋 서야 하는지, 머리털이 덥수룩하면 끔찍한 것인지라고 묻는다면 심사관은 그저 문장에 대해서 알아보라고 할 것이다. 아마도 문장을 갖고 있는 사람은 없을 것이다. 그렇다면 보잘것없는 사람이다. 4대 연속 귀족임을 나타내는 16개의 4등분 문장을 갖고 있어서 왕위 계승권이 있다는 것을 충분히 입증할 수 있다면, 심사관이 말하는 귀족 출신일 뿐 아니라 고귀한 태생이다. 그래서 런던의 고급 주택지 메이페어의 모든 양념 통에 머리를 들고 웅크려 앉은 사자나 펄떡거리는 인어 모양의 문장이 넘쳐나는 것이다. 심지어 천을 파는 상인들조차 자신들의 이불이 덮고 자기에 안전하다는 증거라도 되는 양 문 위

---

* 문장원(紋章院, The Heralds College): 영국 잉글랜드, 웨일스와 북아일랜드의 문장(국가나 단체 또는 집안 따위를 나타내기 위하여 사용하는 상징적인 표지) 인가 등의 업무를 관장한다.

에 왕실 문장을 걸어 놓는다. 어디에서나 지위와 자질이 있어야 한다고 주장한다. 그렇지만 프랑스의 부르봉 왕가나 오스트리아의 합스부르크 왕가·독일의 호엔촐레른 왕가를 조사해 보면 무척이나 많은 왕관, 사자와 표범이 등장하는 4등분 문장으로 장식되어 있는 것들이 이제는 권좌에서 쫓겨나 유배되어 존경받을 가치가 없다고 평가받는다는 사실을 알게 된다. 그러면 머리를 가로저으며 차라리 스패니얼 협회 심사관들의 심사가 더 낫다고 인정할 수밖에 없다. 이러한 사실을 교훈 삼아 이러한 고차원적인 문제는 그만 다루고, 미트포드 집안에 살던 플러시의 어린 시절을 살펴보자.

18세기 말 무렵 유명한 스패니얼 혈통의 가문이 레딩 근처에 있는 미드포드Midford 또는 미트포드Mitford 의사선생이라는 사람 집에서 살고 있었다. 그 의사선생은 문장원의 규정에 맞추려고 이름 철자에 t를 넣은 다음 노섬벌랜드에 있는 버트램 성의 미트포드 가문의 후예라고 주장했다. 그의 아내는 러셀 집안 출신이었는데, 먼 친척이긴 해도 베드포드 공작 가문 출신인 것은 확실했다. 그러나 미트포드 씨의 조상들은, 혈통을 잘 번식시켜 왔다는 그의 주장을 받아들이거나 품종을 영구히 보존하도록 허용할 수 있는 심사관이 전혀 없을 정도로 원칙을 무시하면서 제멋대로 짝짓기를 이어 왔다. 그의 눈동자는 밝은 색이었고, 귀는 동그랗게 말렸으며, 끔찍하게도 머리털은 덥수룩했다. 다시 말해서 그는 철저히 이기적이고, 무모할 정도로 낭비벽이 심하고 속물이며 불성실한 데다 도박에 빠져 있었다. 본인의 재산은 말할 것도 없고 아내의 재산과 딸의 수입까지 탕진했다. 잘 나갈 때는 가족을 나 몰라라 하였고, 안 좋을 때는 가족의 등골을 빼먹었다. 그런 그에게도 강점 두 가지가 있었는데 외모가 매우 수려하다는 것 —— 폭식과 무절제로 뚱뚱한 바커스의 모습으로 바뀌기 전까지는 아폴로에 필적했다 —— 과 개들을 진심으로 사랑했다는 것이다. 그러나 현존하는 스패니얼 협회에 상응하는 인간 협회가 있었다면, 제아무리 미트포드 철자에 d 대신 t를 쓰고, 버트램 성의 미트포드 가문과 혈연관계가 있다고 주장해도, 모욕과 멸시를 당하고 사회적으로 소외되고 배척당하는 수모를 겪고 품종을 계속 이어 가기에 적합하지 않은 잡종 인간으로 낙인찍히는 일은 분명히 피할 수 없었을 것이다. 그러나 그도 인간이었다. 그가 좋은 가문에서 태어난 처녀와 결혼하여 80세가 넘도록 장수하며 그레이하운드와 스패니얼을 몇 세대나 계속 번식시켜 소유하고, 슬하에 딸을 두는 것을 그 무엇도 막지 못했다.

　　백방으로 조사했지만 플러시가 태어난 날이나 달은 물론이고 정확한 출생 연도도 알아 낼 수 없었다. 하지만 아마도 1842년 초 어느 시점에 태어났을 가능성이 크다. 어쩌면 트레이*(출생 1816년경)의 직계 후손일 수도 있다. 신뢰할 수 없는 매체인 시에서만 표현되어 있어 안타깝지만, 트레이의 특징을 살펴보면 그에게는 레드 코커스패니얼의 장점이 있다. '들판에서 드러나는 뛰어난 모습 때문에' 미트포드 박사가 20기니를 거절했던 적이 있는데, 이는 플러시가 '진짜 오래된 코커스패니얼'의 자손이라고 생각할 만한 충분한 근거가 된다. 그러나 강아지였을 때의 플러시를 가장 상세하게 묘사한 부분을 시에서 가져와야 한다니 안타깝다. 그는 햇빛을 받으면 "온 데가 금빛으로 반짝이는" 특유의 암갈색 색조를 띠고 있었다. 그의 눈망울은 "놀란 것 같은 부드러운 담갈색"이었으며, 귀는 "술 장식처럼 늘어졌다." 그의 "가느다란 다리는 복슬복슬한 털로 휘감겼고," 꼬리는 두툼했다. 시라는 운율의 요건과 시어법의 부정확성을 감안하더라도, 스패니얼 협회의 인정을 받기에 부족함이 없다. 그 품종 특유의 뛰어난 자질들을 모두 갖추었다는 점에서 플러시가 순종 레드 코커스패니얼이라는 사실은 분명하다.

　　태어난 뒤 몇 달 동안은 레딩 근처 스리마일크로스에 있는 일꾼의 오두막집에서 살았다. 미트포드 집안이 몰락한 이후로 ── 케렌하포크가 유일한 하인이었다 ── 미트포드 양**은 의자 커버를 가장 싼 재료로 손수 만들었다.

---

* 　스코틀랜드의 시인 토머스 캠벨Thomas Campbell의 시 〈하프 연주자"The Harper"〉에 등장하는 개 이름이다. 작품 속 화자의 개로 가난한 주인에게 헌신적이어서 어디든 따라다니고 언제나 주인을 위로해 주며 주인과 깊은 교감을 나누는 것으로 표현되어 있다.

가장 중요한 가구는 큰 탁자인 것 같았고, 가장 중요한 방은 커다란 온실인 것 같았다. 플러시는 그 정도 등급의 개라면 마땅히 누려야 할 호사스러운 가구, 방수 처리된 개집, 포장된 도로에서의 산책, 보살펴 줄 하녀나 급사가 있는 환경에 있지는 않았던 것 같다. 그럼에도 그는 잘 자랐다. 천성은 매우 쾌활하고 활달했으며 강아지와 수컷 특유의 자유분방함을 누렸다. 사실 미트포드 양은 오두막에 틀어박혀 지낼 때가 많았다. 아버지에게 몇 시간이고 책을 읽어 주고 함께 카드놀이를 해야만 했다. 그러다 아버지가 간신히 선잠이 들면 생활비로 쓰고 빚도 갚기 위해 온실 탁자에 앉아서 쉬지 않고 글을 썼다. 그러다 드디어 바라고 바라던 순간이 왔다. 글 쓰던 종이들을 옆으로 밀쳐놓고 재빨리 모자를 쓴 후 우산을 챙겨 개들과 함께 들판으로 산책하러 나갔다. 스패니얼은 본래 공감력이 뛰어나다. 내력이 입증하듯 플러시는 사람의 감정에 지나치게 공감했다. 사랑하는 여주인이 신선한 공기를 들이마실 때 은발은 찰랑거리고 자연스러운 생기로 얼굴은 발그레해지고 널따란 이마의 주름들이 저절로 부드럽게 펴지는 모습을 보자, 주인의 기쁨에 절반은 공감하듯 미친 듯이 흥분하여 뛰어다녔다. 미트포드 양이 우거진 풀밭을 활보하면 플러시도 그 초록 커튼을 휘저으며 이리저리 뛰어

•• 메리 러셀 미트포드Mary Rusell Mitford(1787~1855): 영국의 작가이자 극작가. 자신이 살던 버크셔 레딩 근처의 스리마일크로스에서의 삶을 바탕으로 마을과 인물들을 생생하게 표현한 연작인 《우리 마을Our Village》 5부작으로 유명하다. 방탕한 아버지를 대신해 글을 써서 생계를 책임졌고, 엘리자베스 배럿과 친분이 두터웠다. 키우던 개 플러시가 낳은 같은 이름의 새끼 플러시를 엘리자베스 배럿에게 선물로 주었다.

미트포드 양.

다녔다. 차가운 이슬방울이나 빗방울이 그의 코 주변에 영롱한 무지갯빛 물보라를 일으켰다. 밟을 때마다 느끼는 딱딱하고 부드럽고 뜨겁고 차가운 대지의 다양한 촉감에 그의 보드라운 발바닥은 따끔거리고 얼얼하고 간지러웠다. 곧이어 매우 미묘하게 뒤섞인 다양한 냄새가 그의 콧구멍을 자극했다. 대지에서 올라오는 강한 냄새, 꽃에서 풍기는 향긋한 냄새, 나뭇잎과 관목에서 나는 알 수 없는 냄새, 길을 건널 때면 나는 시큼한 냄새, 콩밭에 들어서면 나는 톡 쏘는 냄새. 그러나 갑자기 바람이 휘몰아치면 그 어떤 것보다 더욱 자극적이면서도 강렬한 가슴을 찢는 냄새가 풍겼다. 수천 가지 본능을 자극하고, 수백만 가지 추억을 발산하며 뇌리를 비집고 들어오는 냄새, 그것은 바로 산토끼 냄새와 여우 냄새였다. 그 순간 플러시는 급류에 하염없이 휩쓸려가는 물고기처럼 튀어나갔다. 그의 머릿속에서는 여주인이 사라지고, 모든 인간들도 사라졌다. 거무스름한 남자들이 "스팬! 스팬!"이라고 외치는 소리가 들렸다. 채찍 소리가 들렸다. 그는 돌진했다, 정신없이 내달렸다. 마침내 당황해서 멈춰 섰다. 뭔가에 홀렸던 정신이 서서히 돌아왔다. 아주 천천히 멈칫멈칫 꼬리를 흔들며 들판을 가로질러서, 우산을 흔들면서 "플러시! 플러시! 플러시!"라고 외치는 미트포드 양에게로 총총걸음으로 되돌아왔다. 그리고 긴급한 소리가 들린 적이 적어도 한 번 이상은 있었다. 사냥 나팔소리는 본능을 더욱 깊숙이 일깨웠고, 황홀경 속에서 거칠게 외칠 때 수풀과 나무, 산토끼, 작은 토끼, 여우에 대한 기억을 일시에 없애 버리는 더욱 거칠고 강력한 감정을 불러일으켰다. 그의 눈에서는 사랑의 불길이 활활 타올랐고, 비너스의 사냥 나팔소리가 들려왔다. 앳된 티를 벗기도 전에 플러시는 아버지가 되었다.

1842년에는 남자가 그러한 행동을 해도 전기를 쓰는 작가 입장에서는 변명을 했어야 할 일인데, 하물며 여자가 그런 짓을 한 것은 변명의 여지가 없다. 그녀의 이름은 그 순간부터 치욕으로 얼룩졌을 것이다. 그러나 좋든 나쁘든 개들의 윤리 규범은 인간의 윤리 규범과는 확실히 다르므로, 플러시 행위에는 지금 은폐해야 하거나, 당시 그 땅에서 가장 순수하고 정숙한 사회에 부적당하다고 할 만한 점은 아무것도 없다. 바꾸어 말하자면, 신학자 퓨지 박사의 형이 플러시를 사고 싶어 안달했다는 증거가 있다. 유명한 퓨지 박사의 성격을 바탕으로 그의 형의 성격을 미루어 짐작건대, 강아지였던 플러시가 아무리 경솔할지라도 진지하고 믿음직하며 훌륭하게 성장할 여지가 있었던 것이 틀림없다. 퓨지 씨가 무척이나 사고 싶어 했는데 미트포드 양이 팔기를 거부했다는 사실로 보아 플러시가 매력적인 천성을 타고났다는 사실은 매우 분명하게 입증되었다. 돈에 쪼들려서 앞으로 어떤 비극이 닥칠지, 어떤 상황이 전개될지 모르는 상태에서, 그러다가 결국 친구들에게 도움을 청하는 끔찍한 처지로 전락한 미트포드 양 입장에서는 퓨지 박사의 형이 제시한 금액을 거절하기가 쉽지는 않았을 것이다. 플러시의 애비에게는 20파운드가 제시되었다. 미트포드 양은 플러시에 대해 10에서 15파운드를 충분히 요구할 만했다. 10파운드나 15파운드면 후한 액수였고, 그 정도면 마음껏 쓰기에 충분한 금액이었다. 그 정도 돈이면 의자 커버를 새로 바꿀 수도 있고, 온실의 물건들을 바꿀 수 있으며, 옷장을 꽉 채울 만큼 옷들을 살 수도 있었다. 1842년에 쓴 그녀의 글에 보면 "지난 4년 동안 보닛 모자와 외투, 실내복은 커녕, 장갑 한 켤레조차 못 샀다."고 적혀 있으니 말이다.

그러나 플러시를 파는 것은 상상조차 할 수 없었다. 그는 돈으로 값을 매길 수 없는 대상인 진귀한 신분이었다. 그러한 대상은 영적인 것과 가격을 초월하는 것들을 상징하기 때문에, 사심 없는 우정을 잘 보여 주는 더욱 진귀한 품종이 아니던가. 친구라기보다는 딸 같은 사람에게는 보낼 수 있을 것이다. 여름 내내 윔폴가의 뒷방에 은둔해 있는 친구라면, 잉글랜드에서 가장 유명한 바로 그 여류시인, 불운한 운명을 타고났지만 사람들의 추앙을 받는 훌륭한 엘리자베스 배럿 같은 친구라면? 햇빛에 뒹굴며 날쌔게 뛰어다니는 플러시를 지켜보며 미트포드 양은 그런 생각이 자꾸 떠올랐다. 런던에 있는 담쟁이덩굴로 그늘진 어두운 방에서 배럿 양의 침상 옆에 앉아 있을 때도 그랬다. 그렇다, 플러시는 배럿 양에게 어울리고 배럿 양은 플러시에게 어울린다. 그것은 대단한 희생이었다. 하지만 그러한 희생은 해야 한다. 그리하여 아마도 1842년 초여름 어느 날 인상적인 한 쌍이 웜폴가를 따라 걷고 있는 모습이 눈에 띄게 된 것이다. 새빨간 얼굴에 빛나는 은발을 한, 키가 작고 통통하며 초라한 차림의 나이 지긋한 여인이, 혈기 넘치고 호기심이 왕성한 훌륭한 품종의 황금색 코커스패니얼 강아지를 목줄로 이끌고 있었다. 그들은 거의 거리가 끝나는 곳까지 걸어가더니 마침내 50번지에서 멈추었다. 조금도 주저하지 않고, 미트포드 양은 초인종을 눌렀다.

지금 이 순간 웜폴가에 있는 저택의 초인종을 거리낌 없이 누르는 사람은 아마 아무도 없을 것이다. 그곳은 런던 거리에서 가장 위엄 있으면서도 가장 인간미 없는 곳이다. 실제로 세상이 무너져 내릴 것 같고 문명이 기초부터 흔들릴 것처럼 느껴질 때에 웜폴가로 가면 된다. 그곳을 천천히 걸으면서 저택들을 둘러보며 획일적인 모습을 살피고, 창문의 커튼들을 보고 놀라고, 또 그것들이 하나같이 똑같다는 사실에 놀라고, 황동 문고리와 그 일정한 모습에 감탄하고, 푸줏간 주인은 고깃덩어리를 내주고 요리사가 받아드는 모습을 지켜보고, 주민들의 수입을 추정하고, 그에 따라 하느님과 인간의 법에 얼마나 따르고 있는지 추론하려면 윔폴가로 가기만 하면 된다. 고대 그리스의 코린토스가 무너지고 메시나가 전복되어도, 왕좌가 바람에 쓸려 넘어지고, 옛 제국들이 화염에 휩싸여 사라져도 윔폴가는 꿈쩍도 하지 않고 있음에 감사의 한숨, 평화의 숨을 깊이 들이마시면 된다. 윔폴가에서 옥스퍼드가로 돌아서면, 윔폴가는 벽돌의 이음새를 다시 채울 필요도 없다는 것, 커튼을 뺄 필요도 없다는 것, 푸줏간 주인과 요리사가 양고기와 쇠고기의 등심, 우둔살, 안심, 갈빗살을 건네주고 받을 때 한 치의 오차도 없다는 것을 보면서, 윔폴가가 남아 있는 한 언제까지나 문명은 안전하다는 기도가 마음속에서 솟아올라 입 밖으로 터져 나올 것이다.

윔폴가의 집사들은 오늘날에도 느릿느릿 움직인다. 1842년 여름엔 훨씬 더 느긋했다. 당시에는 제복에 관한 규정이 더욱 엄격하여 은 식기를 닦을 때는 거친 녹색 모직 천으로 만든 앞치마를 입고, 현관문을 열 때는 줄무늬 조끼와 연미복을 입어야 하는 예법을 지켰다. 당시 미트포드 양과 플러시는 현관에서 최소한 3분 30초는 기다린 것 같았다. 드디어 50번지의 문이 활짝 열렸다. 미트포드

양과 플러시는 안으로 안내되었다. 미트포드 양은 그곳을
자주 방문했으므로 배럿 집안의 저택을 보고 위축될지언
정 놀라지는 않았다. 그러나 플러시는 틀림없이 매우 압
도당했을 것이다. 그때까지 그는 스리마일크로스에서 집
이 아니라 일꾼의 오두막에서 살았다. 그곳은 널빤지 바
닥이 다 드러나고, 깔개는 닳아서 너덜너덜했고, 의자들
은 싸구려였다. 이곳은 드러난 것도, 닳아빠진 것도, 싸구
려도 전혀 없다는 것을 플러시는 한눈에 알아보았다. 집
주인인 배럿 씨는 부유한 상인이었다. 그는 장성한 아들
들과 딸들로 이루어진 대가족에 걸맞게 많은 하인들을
거느렸다. 그의 집은 1830년대 후반의 유행에 맞춰 꾸며
졌는데, 틀림없이 예전에 슈롭셔에 대저택을 지을 당시
돔과 무어인들의 반월형 건축 양식으로 꾸민 동양적 환
상의 기미가 약간 엿보였다. 이곳 윔폴가에서는 그런 화
려함은 허용되지 않겠지만, 천장이 높은 어두운 방들에는
터키 풍의 긴 의자들과 세공된 마호가니 가구들이 가득
차 있을 거라고 짐작할 수 있다. 탁자들은 꼬임장식이 되
어 있었고, 그 위에는 금세공 장식품들이 놓여 있었고, 짙
은 포도주색 벽에는 단검과 긴 칼들이 걸려 있었다. 벽장
에는 동인도의 소유지에서 가져온 진귀한 물건들이 있었
고, 바닥에는 두텁고 풍성한 카펫이 깔려 있었다.

그러나 집사 뒤를 따라가던 미트포드 양 뒤에서 총총

걸음으로 뒤따르던 플러시는 눈에 보이는 것보다 냄새에 더욱 놀랐다. 계단의 통풍구 위로 고기 굽는 냄새, 양념을 끼얹은 닭고기 냄새, 뭉근히 끓고 있는 수프의 따뜻한 향기가 은은하게 풍겨왔다. 케렌하포크의 초라한 감자튀김과 해시브라운의 밋밋한 냄새에 익숙했던 콧구멍이 마치 음식을 들이마시는 것처럼 황홀했다. 음식 냄새와 뒤섞인 냄새도 났다. 삼나무와 백단목과 마호가니의 향내, 남자와 여자에게서 나는 체취, 하인들과 하녀들, 외투와 바지, 페티코트와 망토, 태피스트리 커튼, 고급 천으로 만든 커튼, 석탄 가루와 자욱한 연기, 포도주와 시가 등의 냄새였다. 식당과 응접실, 서재, 침실 등 방들을 지날 때마다 스튜와 섞인 냄새들이 퍼져 나왔다. 첫 발을 내디딘 순간부터 한 발 한 발 내디딜 때마다 발바닥에 육감적으로 휘감기는 풍성한 양털 카펫의 관능적 감각이 계속 느껴졌다. 마침내 그들은 저택 후미진 곳에 있는 닫힌 문에 이르렀다. 조용히 문을 두드리자, 살며시 문이 열렸다.

　배럿 양의 침실은 어느 모로 보나 늘 어두웠던 게 틀림없다. 대개 빛은 녹색 다마스크 천 커튼으로 가려졌고, 여름이면 창가 화단에서 자라는 담쟁이덩굴, 붉은 강낭콩, 메꽃, 한련화로 한층 더 어두워졌다. 처음에 플러시는 푸른빛이 희미한 어둠 속에서 허공에서 신비롭게 깜박이는 하얀 전구 다섯 개 외에는 아무것도 알아보지 못했다.

그때 다시 한 번 그를 사로잡은 것은 방에서 나는 냄새였다. 고분 안으로 한 걸음 한 걸음 내려간 학자가 이곳저곳 살피며 이리저리 비춰 보는 흔들리는 작은 등불 빛을 받아, 반은 떨어져 나간 대리석 흉상이 허공에서 갑자기 나타나고, 모든 것이 흐릿하게 눈에 들어오는 동안 오래되고 부패하여 시큼한 냄새가 풍기고 끈적거리는 곰팡이로 잔뜩 뒤덮인 지하 묘실 속에 들어와 있다는 사실을 깨닫게 된다. 멸망한 도시의 매몰된 지하 무덤을 탐험하는 사람이 느끼는 감각만이, 플러시가 윔폴가 병자의 침실에 처음 들어서며 오데 코롱 냄새를 맡았을 때 신경에 확 밀려드는 감정 폭발에 견줄 수 있을 것이다.

한참 코를 쿵쿵거리고 발로 더듬거리자 여러 가구들의 윤곽이 매우 서서히, 그러면서도 아주 어렴풋이 눈에 들어왔다. 창문 옆에 있는 거대한 물체는 아마도 옷장일 것이다. 그 옆에 서 있는 것은 어쩌면 서랍장일 것이다. 방 한가운데에서 둥근 테두리가 달린 탁자처럼 생긴 물건이 수면 위로 떠올랐고, 그런 다음 형태가 일정하지 않은 안락의자와 탁자가 희미하게 나타났다. 그러나 모든 것이 흐릿했다. 옷장 위에는 하얀 흉상 세 개가 서 있었고, 서랍장 위에는 책장이 얹혀 있었으며, 책장에는 진홍색 모직 천이 덧대어져 있었다. 세면대 위에는 돌출 선반이 있었고 선반 위에는 흉상이 두 개 더 있었다. 방 안에 있는 그 어떤 것도 정상적인 것은 없었고, 모든 것이 어딘가 달라 보였다. 창문의 햇빛가리개조차도 수수한 모슬린 천으로 만든 것이 아니었다. 그것은 성과 성문과 작은 숲과 그 안을 거닐고 있는 농부들의 무늬가 그려진 천[1]이었다. 이미 왜곡되어 보이는 이러한 물체들을 거울로 보니 더욱 왜곡되어 다섯 개의 시인 흉상이 열 개로 보였고, 탁자도 두 개가 아니라 네 개로 보였다. 그런데 갑자기 지금까지보다 훨씬 더 무시무시한 착란이 왔다. 벽에 난 구멍에서 또 다른 개가 눈을 번뜩이며 혀를 축 늘어뜨린 채 자신을 마주보고 있는 것이었다! 그는 놀라서 얼어붙었다. 그는 두려움에 사로잡혔지만 다가갔다.

그렇게 다가갔다가 다시 물러서기를 반복했지만, 저 멀리 나무 꼭대기에서 살랑거리는 바람소리와 소곤거리는 소리, 그리고 빠르게 지껄이는 목소리 외에는 아무 소리도 들리지 않았다. 숲속 탐험가가 저기 보이는 그림자가 사자인지, 저 나무 밑동이 코브라인지 분간하지 못한 채 가만가만 발을 내딛듯 조심스럽고 초조하게 살펴나갔다. 그러나 마침내 머리 위로 갑자기 움직이는 거대한 물체를 알아차렸다. 조금 전 겪은 일로 침착함을 잃어 덜덜 떨면서 칸막이 뒤에 숨었다. 말소리가 끊겼다. 문이 닫혔다. 순간 멈춰 선 그는 어리둥절했고, 어찌할 바를 몰랐다. 그 순간 마치 발톱을 세운 호랑이가 달려들 듯 문득 기억이 떠올랐다. 자신이 혼자라는 것을, 버려졌다는 것을 깨달았다. 미친 듯이 문으로 달려갔다. 문은 닫혀 있었다. 문에 발을 대고 귀를 기울였다. 내려가는 발소리가 들려왔다. 그 소리는 여주인의 익숙한 발소리였다. 그러고는 멎었다. 그러나 아니, 그대로 계속, 계속해서 내려가는 소리가 들렸다. 미트포드 양은 천천히, 느릿느릿, 마지못해 계단을 내려가고 있었다. 그렇게 그녀가 내려가는 동안, 그녀의 발소리가 희미해지자 공포가 엄습했다. 미트포드 양이 아래층으로 내려갈 때, 플러시 코앞에서 문이 하나씩 닫혔다. 자유로 가는 문이 닫혔다. 들판으로, 산토끼에게로, 풀숲으로 가는 문, 자기를 씻겨 주고 혼내기도 하고 먹을 것이 별로 없어도 기꺼이 나누어 주었던 소중한 주인, 그렇게 따르고 존경하던 여인에게로 가는 문, 행복과 사랑과 인간의 선량함에 대해 알고 있던 그 모든 것으로 가는 문이 닫혀 버린 것이다! 거기에서! 현관문이 쾅 닫혔다. 그는 홀로 남겨졌다. 주인에게 버림받은 것이다.

이윽고 엄청난 절망과 비통의 파도가 몰려왔다. 돌이킬 수 없는 무자비한 운명이 엄습하자 고개를 들고 크게 울부짖었다. 누군가 "플러시" 하고 불렀다. 그러나 플러시는 듣지 못했다. "플러시" 다시 한 번 부르는 소리가 났다. 플러시는 움찔했다. 혼자 있다고 생각하고 있었다. 몸을 돌렸다. 방에 살아 있는 뭔가가 함께 있다는 건가? 소파 위에 뭐가 있는 건가? 무엇이 되었든 그것이 문을 열어 줄 테고, 그렇다면 뒤쫓아가 미트포드 양을 찾을 수 있겠지. 지금 이 상황은 집 온실에서 주인과 자주 놀았던 일종의 숨바꼭질일지 모른다는 엉뚱한 희망을 품고 플러시는 쏜살같이 소파로 달려갔다.

"오, 플러시!" 배럿 양이 말했다. 비로소 그녀는 플러시 얼굴을 보았다. 플러시도 소파에 누워 있던 그 여인을 이제야 처음 보았다.

둘 다 놀랐다. 배럿 양의 얼굴 양쪽으로는 굵은 곱슬머리가 늘어져 있었고, 커다란 맑은 두 눈은 밝게 빛났으며, 큰 입은 미소를 띠고 있었다. 플러시 얼굴 양쪽에도 굵직한 귀가 늘어져 있었고, 눈 역시 크고 맑았으며, 입 또한 크게 벌어져 있었다. 그들 사이엔 닮은 점이 있었다. 둘은 서로를 바라보며 똑같은 생각을 했다. 내가 여기 있네. 그러다 다시 생각했다. 그런데 너무 다르잖아!! 배럿 양의 얼굴은 공기, 빛, 자유로부터 차단된 야위고 창백한 병자의 얼굴이었다. 플러시는 건강과 활력이 넘치는, 어린 동물의 활발하고 혈색 좋은 얼굴이었다. 같은 틀에서 빚어졌지만, 두 몸으로 나뉜 그들이 상대의 부족한 부분을 완전히 채워 줄 수 있을까? 그녀는 아마 그렇게 채워질 수 있을 것이다. 그리고 그도. 하지만 아니다. 둘 사이에는 서로를 완전히 갈라놓을 수 있는 드넓은 심연이 놓여 있었다. 배럿 양은 말을 했다. 플러시는 말을 할 수 없었다. 그녀는 여자였고, 그는 개였다. 그렇게 단단히 맺어져, 그렇게 완전히 갈라져, 둘은 서로 똑바로 쳐다보았다. 그러다 단번에 플러시는 소파 위로 뛰어올랐고, 그 후로 영원히 누워 있게 될 그곳, 배럿 양의 발치에 있는 깔개 위에 자리를 잡았다.

두

번

째

이

야

기

뒷방에서

역사가들은 1842년의 여름이 여느 해 여름과 별반 다르지 않다고 말하지만, 플러시가 느끼기에는 너무도 달라서 세상이 변한 것은 아닌지 의심할 수밖에 없었다. 그 여름은 침실에서 보낸 여름이요, 배럿 양과 지낸 여름이었다. 문명의 중심지, 런던에서 보낸 여름이었다. 처음에는 침실과 가구밖에 보이지 않았지만, 사실 그것만으로도 충분히 놀라웠다. 그곳에 있는 다양한 물건들을 모두 확인하고 구별하고 제대로 된 명칭으로 부르게 되기까지는 무척이나 혼란스러웠다. 탁자, 흉상, 세면대에 좀처럼 익숙해지지 않았고, 오데 코롱의 냄새도 여전히 콧구멍을 자극했고, 그 와중에 맑지만 바람이 불지 않고, 따뜻하지만 타는 듯이 덥지 않고, 건조하지만 먼지가 없는 날이 드물게라도 찾아오면 병자는 잠시 바깥바람을 쐴 수 있었다.

두 번째 이야기 뒷방에서

배릿 앙이 여농생과 함께 쇼핑하는 커다란 모험을 무사히 감행할 수 있는 날이 왔다.

마차를 불렀고, 배럿 양은 소파에서 일어났다. 몸을 꽁꽁 감싼 그녀는 계단을 내려갔다. 물론 플러시도 함께 갔다. 플러시는 마차에 가뿐히 뛰어올라 배럿 양 옆에 앉았다. 그녀 무릎에 웅크리고 앉아 있는 플러시 눈앞에 가장 휘황찬란한 런던의 전경이 나타났다. 그들은 옥스퍼드 가를 따라갔다. 거의 전부 유리로 만든 집들이 보였다. 반짝이는 리본으로 장식한 창문들이 보였고, 그 사이로 분홍 장미, 보랏빛 장미, 노란 장미 다발들이 빛나는 것이 보였다. 마차가 멈춰 섰다. 플러시는 물들인 하늘하늘한 천으로 뒤덮인 신비로운 아케이드로 들어갔다. 중국산 천과 아라비아산 천에서 풍겨 나온 수백만 가지 공기는 머금고 있던 희미한 향내를 그의 깊숙한 감각 신경섬유 속으로 실어 보냈다. 반짝거리는 실크 옷감이 계산대 위로 휙 지나갔다. 묵직한 상복용 옷감은 좀 더 음울하고 느릿느릿하게 둘둘 말렸다. 가위질은 분주했고, 오고가는 동전들은 반짝였다. 포장지로 감싸고 끈으로 묶었다. 나부끼는 모자의 깃털 장식, 펄럭이는 리본 장식, 날뛰는 말들, 노란 제복들, 지나쳐 가는 얼굴들 때문에 플러시는 이리저리 날뛰고 폴짝거리면서 다채로운 감각을 실컷 즐겼고, 이제는 졸다가 곯아 떨어져 꿈을 꾸느라 마차에서 안아 올려 윔폴가의 문

안으로 옮겨도 전혀 알아차리지 못했다.

　이튿날, 화창한 날씨가 이어지자 배럿 양은 훨씬 더 대담한 모험을 감행했다. 휠체어를 직접 밀고 윔폴가로 나선 것이다. 이번에도 플러시가 따라나섰다. 플러시는 난생처음 자신의 발톱이 런던 거리의 단단한 돌바닥에 부딪쳐 딸깍거리는 소리를 들었다. 무더운 여름날 런던 거리가 처음으로 그의 콧구멍에 총공격을 감행했다. 도랑에 떠돌던 희미한 냄새가 올라왔다. 철제 난간이 부식되어 가는 쓴 냄새, 지하실에서 올라오는 자욱하고 짙은 냄새. 레딩 근처의 들판에서 맡았던 그 어떤 냄새보다 매우 대조적이면서도 한데 뒤섞여 훨씬 복잡하고 부패한 냄새들, 인간은 결코 맡을 수 없는 냄새들이었다. 그래서 휠체어가 계속 굴러가는 동안 플러시는 깜짝 놀라 걸음을 멈추었다. 목줄이 홱 잡아당겨질 때까지 냄새를 맡으며 음미했다. 또한 배럿 양의 휠체어를 따라 윔폴가를 걷고 있으려니 지나치는 사람들로 어안이 벙벙했다. 여인들의 페티코트가 머리를 휙 지나쳤고, 남자들 바지가 옆구리를 스쳤다. 때로는 마차 바퀴가 코앞에서 쌩하고 지나갔다. 수하물 기차가 지나자 그 파괴력으로 귀청이 떨어져 나갈 것 같았고, 발의 털들이 거세게 휘날렸다. 그러면 공포심에 사로잡혀 펄쩍 뛰어올랐다. 그때 다행스럽게도 목줄이 세게 당겼다. 배럿 양이 단단히 붙들지 않았더라면 플러시는 튀어나가 죽었을지도 모른다.

마침내, 모든 신경이 떨리고 모든 감각이 들끓는 가운데 리젠트파크에 도착했다. 실로 몇 년 만인 것 같은 느낌으로 풀밭·꽃·나무를 다시 보았을 때, 오래진 들판에서 들었던 사냥 소리가 다시 들리는 것 같아 예전 집 들판에서 달렸던 것처럼 앞으로 뛰쳐나가려 했다. 이번에는 육중한 무엇이 목을 잡아당기며 궁둥이를 바닥으로 끌어내렸다. 나무와 풀들이 있는데? 자유의 신호가 아니었나? 미트포드 양이 산책을 시작하면 자신은 늘 곧장 앞으로 뛰쳐나가지 않았던가? 왜 여기서는 갇혀 있는 거지? 그는 잠시 생각했다. 이곳의 꽃들은 예전 집에서보다 훨씬 더 빽빽하게 모여 있다는 것에 주시했다. 꽃들은 비좁은 꽃밭에 하나씩 하나씩 꼿꼿이 서 있었다. 꽃밭 사이로는 딱딱한 검은 길이 나 있었다. 반들거리는 중절모를 쓴 남자들이 불길하게 길을 오르내렸다. 그들을 본 순간 플러시는 겁에 질려 휠체어 옆으로 바싹 붙었다. 목줄의 보호를 기쁘게 받아들였다. 이러한 몇 번의 산책이 끝나기 전에 그의 뇌리에 새로운 개념이 생겨났다. 하나하나 비교해보면서 한 가지 결론에 도달했다. 꽃밭이 있는 곳에는 포장된 길이 있고, 꽃밭과 포장된 길이 있는 곳에는 반들거리는 중절모를 쓴 남자들이 있고, 꽃밭과 포장된 길과 반들거리는 중절모를 쓴 남자들이 있는 곳에서 개들은 목줄에 묶여 다녀야 한다. 공원 입구에 게시된 푯말은 한 글자도 이해할 수 없었지만 그는 교훈을 터득했다. 리젠트 파크에서 개들은 목줄에 묶여 다녀야 한다.

1842년 여름의 기묘한 경험에서 터득한 이 알짜 지식에 곧 또 다른 지식이 추가되었다. 그것은 바로 개들이 평등하지 않고, 다르다는 사실이었다. 스리마일크로스에서 플러시는 술집의 개들과 대지주의 그레이하운드들과 고루 어울렸고, 땜장이의 개와 자기가 다르다는 것을 몰랐다. 실제로 그의 새끼를 낳은 암컷도 예의상 스패니얼이라고 불리긴 했어도, 귀와 꼬리로 보건대 잡종일 뿐이었다. 그러나 플러시가 곧 알아낸 데 따르면, 런던의 개들은 서로 다른 계급으로 엄격하게 나뉘어 있었다. 목줄에 묶인 개가 있는가 하면, 제멋대로 뛰어다니는 개들도 있었다. 마차를 타고 바깥바람을 쐬고 보라색 그릇에 담긴 물을 마시는 개가 있는가 하면, 너저분하고 목줄도 없이 도랑에서 살아가는 개들도 있었다. 그러자 플러시는 개들이 다 다르다는 의혹이 들기 시작했다. 신분이 높은 개들이 있고 낮은 개들이 있다. 그러한 의혹은 사람들이 윔폴가의 개들을 데리고 다닐 때 주고받는 짧은 말들로 확인되었다. "저 망나니 좀 봐! 완전 잡종이잖아!" …… "저런, 순종 스패니얼이잖아." "영국에서 가장 좋은 혈통 중 하나지!" …… "귀가 좀 더 고불고불하게 늘어지면 좋았을

텐데."……"그야말로 끔찍한 머리털이군!"

하인들이 경마 정보들을 주고받는 선술집 밖이나 우체통 근처에서 오고가는 말들과 칭찬이나 조롱의 어투에서, 플러시는 여름이 가기 전에 개들은 평등하지 않다는 사실을 알았다. 신분이 높은 개와 낮은 개가 있었던 것이다. 그렇다면, 자신은 어느 쪽에 속하는가? 집에 오자마자 플러시는 거울에 비친 자기 모습을 유심히 살펴보았다. 천만다행으로 그는 가문도 혈통도 갖춘 개였다! 머리는 매끄러웠으며, 두 눈은 튀어나왔으나 흐리멍덩하지 않았고, 발은 털로 뒤덮여 있었다. 그는 윔폴가에서 가장 혈통 좋은 코커와 대등했다. 자기 물그릇이 보라색인 것을 보면 알 수 있었다 ── 그런 것이 계급의 특권인 것이다. 그는 목에 목줄을 달도록 가만히 고개를 숙였다 ── 이런 것이 특권에 따르는 대가인 것이다. 거울을 가만히 응시하는 플러시를 그제야 보게 된 배럿 양은 착각했다. 플러시가 거울에 비친 모습과 실제 모습의 차이를 숙고하는 철학자 같다고 생각했다. 그렇지만 플러시는 자신의 특질을 음미하는 귀족이었다.

곧 화창한 여름은 끝났고, 가을바람이 불기 시작했다. 배럿 양은 침실에서 완전한 은둔 생활에 들어갔다. 플러시의 삶도 바뀌었다. 침실에서의 교육에 대한 보완으로 야외 교육이 실시되었는데, 이는 플러시와 같은 기질을 가진 개에게 생각해 낼 수 있는 가장 극단적인 방식이었다. 그나마도 유일한 나들이는 짧고 형식적이었는데, 그것도 배럿 양의 하녀인 윌슨이 시켜 줬다. 나머지 시간은 하루 종일 소파 위 배럿 양 발치에서 자리를 지켰다. 플러시의 타고난 본능은 모두 좌절되고 부정되었다. 작년에는 가을바람이 불면 버크셔에서 그루터기 사이를 뛰어다니며 신나게 놀았다. 이제는 담쟁이덩굴 잎이 유리창을 톡톡 치는 소리가 들릴 때면 배럿 양은 윌슨에게 창문이 잠겨 있는지 봐 달라고 했다. 창가 화단에 있는 강낭콩과 한련화 잎이 노랗게 변해 떨어지자 그녀는 인도산 숄을 더 단단히 둘렀다. 10월의 빗줄기가 창문을 때리자 윌슨은 불을 지피고 석탄을 쌓아 올렸다. 가을이 깊어져 겨울로 바뀌었고, 첫 안개로 대기는 누렇게 바뀌었다. 윌슨과 플러시는 길을 더듬거리며 우체통이나 약국까지 간신히 갔다. 돌아와 보니, 방 안은 옷장 위에서 파리하게 빛나는 창백한 흉상뿐 아무것도 보이지 않았다. 농부들과 성이 그려진 햇빛가리개는 사라졌고, 노란색만이 텅 빈 유리창을 채우고 있었다. 플러시는 자신과 배럿 양 단둘만이 쿠션이 깔린 불 켜진 동굴에 살고 있다고 느꼈다. 바깥에선 오가는 사람들의 발소리가 희미하지만 끊임없이 단조롭게 들려왔고, 이따금 길가를 따라가며 외치는 쉰 목소리가 들려왔다. "오래 된 의자와 바구니 수선합니다!" 때로는 시끄러운 손풍금 소리가 점점 가까워지며 크게 다가왔다가 점점 멀어지며 사라졌다. 이러한 소리 속에 자유나 활동, 훈련을 나타내는 것은 없었다. 바람과 비, 그리고 황량한 가을날과 추운 한겨울은 램프의 불빛, 드리운 커튼, 난롯불 들쑤시기 등과 같은 온기와 고요함을 빼면 플러시에게 모든 것은 아무것도 아니었다.

처음에는 긴장감이 너무 커서 참을 수 없었다. 틀림없이 자고새가 그루터기 위에서 황급히 흩어지고 있을 바람 부는 어느 가을날, 플러시는 방에서 날뛰지 않을 재간이 없었다. 부는 바람 속에서 총소리를 들은 것 같았다. 밖에서 개 짖는 소리가 들리자 목둘레 털은 곤두섰고, 이내 문으로 달려가지 않을 수 없었다. 그런데 배럿 양이 플러시를 불러 세웠고, 그의 목줄에 손을 얹자, 성가시고, 상반되는, 불쾌한 또 다른 감정 —— 그것을 무엇이라 불러야 할지 또는 왜 거기에 순종해야 하는지 알 수 없었다 —— 이 자신을 억누르고 있음을 부인할 수 없었다. 그는 여전히 그녀의 발치에 누워 있었다. 가장 격렬하면서도 타고난 본능을 포기하고 억제하고 억누르는 것은, 그것이 침실이라는 학교에서 배우는 가장 중요한 가르침이었는데, 그리스어를 배우는 많은 학자들이 겪는 어려움은 그에 비할 바가 아니었다. 또한 승리를 거두는 장군들이 전투에 쏟는 노고도 그가 쏟는 노력의 절반 정도였다고 말할

수 있다. 그렇지만 배럿 양이 선생님이었다. 시간이 흐를
수록 플러시는 둘 사이에 불편하지만 떨리는 긴장된 유
대감이 점점 강해지고 있다고 느꼈다. 그의 기쁨이 그녀
에게 고통이라면, 또한 그의 기쁨은 고통에 가까운 기쁨
일 뿐이었다. 이것은 날마다 입증되었다. 누군가 문을 열
고 그에게 오라며 휘파람을 불었다. 왜 나가면 안 되는가?
그는 바깥바람과 활동이 그리웠고, 급기야 소파에 누워
있느라 온 사지에서 쥐가 날 지경이었다. 오데 코롱의 냄
새에도 도통 익숙해지지 않았다. 그러나 이제, 문이 열려
있더라도 플러시는 배럿 양을 떠나지 않았다. 그는 문까
지 반쯤 가서 망설이다가 소파로 되돌아왔다. "플러시는
요," 배럿 양은 편지에 다정하게 썼다. "제 친구 —— 제 동
반자 —— 인데, 바깥의 햇빛보다 저를 더 좋아한답니다."
배럿 양은 나갈 수 없었다. 그녀는 소파에 갇혀 지냈다.
그녀는 실제로 자신이 그랬던 것처럼, "새장에 갇힌 새에
게도 훌륭한 이야깃거리가 있을 거예요."라고 썼다. 플러
시에게는 온 세상이 자유로웠지만, 그녀 곁을 지키려고
윔폴가의 모든 냄새를 잃어버리는 쪽을 선택했다.

　　그런데 때로는 둘의 유대가 거의 깨질 뻔한 적도 있
었다. 서로를 이해하는 데 엄청난 괴리가 있었기 때문이
다. 가끔 그들은 어쩌면 좋을지 몰라 누워서 서로 노려보
기만 했다. 배럿 양은 의아했다. 왜 갑자기 플러시가 몸을

떨며 낑낑거리고 움찔하며 귀를 쫑긋할까? 그녀에게는 아무 소리도 들리지 않았고, 아무것도 보이지 않았다. 방안에는 두 사람 외엔 아무도 없었다. 배럿 양은 여동생의 작은 킹찰스 스패니얼 품종의 개 폴리가 문가를 지나갔거나, 혹은 하인이 지하층에서 남동생 헨리의 쿠바 블러드하운드 품종의 캐틸라인에게 양고기 뼈를 주었다는 사실을 꿈에도 몰랐다. 그러나 플러시는 알아차렸고, 그 소리를 들었고, 번갈아가며 찾아드는 갈망과 탐욕에 시달렸다. 시인으로서의 모든 상상력을 갖고 있었지만 배럿 양은 윌슨의 젖은 우산이 플러시에게 어떤 의미인지 꿰뚫어보지 못했다. 그것이 숲과 앵무새, 거칠게 울부짖는 코끼리에 대한 어떤 기억을 불러일으키는지 몰랐고, 케년 씨가 초인종 당기는 줄에 걸려 비틀거렸을 때 플러시가 거무스름한 남자들이 산에서 외치는 고함 소리를 들었다는 사실도 전혀 눈치 채지 못했다. "스팬! 스팬" 하고 외치는 고함소리가 귓전에 울렸을 때 플러시가 케년 씨를 문 것은 조상 때부터 이어져 온 숨죽인 분노 때문이라는 것도 배럿 양은 몰랐다.

플러시도 배럿 양의 감정을 이해할 수 없어 당황스럽기는 매한가지였다. 그녀는 연필을 들고 하얀 종이 위를 왔다갔다 하며 몇 시간이고 누워 있곤 했다. 그러다 갑자기 두 눈에 눈물이 가득 고였다. 도대체 왜? 그녀는 이렇게 썼다. "아, 친애하는 혼 씨. 건강이 안 좋아져서 ……
그래서 토키*로 요양갈 수밖에 없었어요. …… 그 일은
제 삶에 영원히 끔찍한 악몽이 되었고, 지금 말할 수 있는
것보다 더 많은 것을 앗아가 버렸어요. 어디서도 그 얘기
는 하지 마세요. **그 얘기는 비밀로 해 주세요.** 친애하는 혼
씨." 그러나 방에서는 배럿 양을 울릴 만한 어떤 냄새도,
소리도 없었다. 그런 다음 배럿 양은 여전히 연필을 다시
휘갈기며 웃음을 터뜨렸다. 그녀는 "익살맞게 나와 좀 비
슷해 보이게 아주 간결하고 독특한 플러시의 초상화"를
그렸고, 그 밑에 "내가 평가받는 것보다 훨씬 더 가치 있
는 존재이므로 나를 대체할 수는 없는 존재랍니다"라고
써 넣었다. 그녀가 플러시에게 보여 주려고 들고 있던 검
게 얼룩진 그림을 보고 웃을 이유가 뭐가 있다고? 플러시
는 아무 냄새도 맡지 못했고 아무 소리도 듣지 못했다. 그
들 외에는 방에 아무도 없었다. 둘이 언어로 의사소통을
할 수 없다는 것은 사실이었고, 그리고 그 사실은 많은 오
해를 낳을 수밖에 없다는 것도 사실이었다. 하지만 그 덕
분에 특별한 친밀감이 생기지 않았던가? "쓴다는 것은,"
배럿 양은 아침에 고군분투하고 나서 이렇게 외친 적이
있다. "쓴다는 것은, 쓴다는 것 ……." 결국 그녀는 이렇
게 생각했을 수도 있다. 언어가 모든 것을 말해 줄까? 언

<hr />

* 잉글랜드 데번셔에 있는 해변 휴양지. 1837~1838년에 배럿은 폐결핵
증상 때문에 의사의 권유로 토키로 요양을 떠났다가 1841년에 돌아왔다.
그 시절에 비극적인 사건이 일어났다. 1840년 2월 남동생 사무엘이
자메이카에서 열병으로 죽고, 7월에는 가장 아끼는 남동생 에드워드가
토키에서 요트 사고로 익사했다. 특히 아버지가 에드워드의 토키 여행을
반대했기 때문에 엘리자베스는 죄책감을 많이 느꼈다.

어가 무언가를 말할 수나 있을까? 언어는 언어로는 이해할 수 없는 상징을 파괴하지는 않는가? 배럿 양은 그렇다는 것을 적어도 한 번은 깨달은 것 같다. 그녀는 누워서, 생각에 잠겨 있었다. 플러시는 까맣게 잊은 채 너무 슬픈 생각에 잠겨 베개 위로 눈물을 떨어뜨렸다. 그런데 난데없이 털북숭이 머리가 불쑥 밀고 들어왔다. 커다랗고 맑은 두 눈이 그녀의 눈 속에 비쳤고, 그녀는 흠칫했다. 그것은 플러시일까, 아니면 판일까? 그녀는 더 이상 윔폴가의 병자가 아니라 그리스 신화에 나오는 아르카디아의 어느 어두운 숲 속에 있는 님프일까? 그리고 판이 염소의 모습을 하고 그녀의 입술을 덮친 것일까? 잠시 동안 그녀는 변신했다. 그녀는 님프였고, 플러시는 판이었다. 태양이 이글거리고 사랑이 타올랐다. 그러나 플러시가 말을 할 수 있다고 가정한다면? 아마 아일랜드의 감자역병에 관한 그럴듯한 말을 하지 않았을까?

플러시도 속에서 묘한 감정이 꿈틀대는 것을 느꼈다. 테두리가 둘러진 탁자에서 배럿 양의 가느다란 손이 은상자나 진주 장신구를 우아하게 들어 올리는 것을 보면 자신의 털북숭이 발이 움츠러드는 것 같았고, 그 발이 열 손가락으로 갈라져 있다면 얼마나 좋을까 간절히 바랐다. 수많은 소리들을 또박또박 발음하는 그녀의 낮은 음성을 들으면 자신의 으르렁거리는 소리도 그녀처럼 그렇게 신비로운 의미를 지닌 작고 단순한 소리를 낼 수 있는 날이 오기를 간절히 바랐다. 그리고 곧은 연필을 쥐고 끊임없이 하얀 종이를 가로지르는 그 손가락들을 지켜보노라면 자신도 그녀처럼 종이를 검게 채울 수 있는 날이 오기를 간절히 바랐다.

그런데 플러시가 배럿 양처럼 글을 쓸 수 있었을까? 다행히도 이 질문은 쓸데없는 것이다. 실제로는 1842~1843년에 배럿 양은 님프가 아니라 병자였고, 플러시는 시인이 아니라 레드 코커스패니얼이었고, 윔폴가는 아르카디아가 아니라 그저 윔폴가였다는 사실을 밝히지 않을 수 없기 때문이다.

계단을 지나는 발소리, 멀리서 현관문 닫히는 소리, 빗질하는 소리, 우편배달부가 대문을 두드리는 소리를 제외하면 그들의 주의를 끌 만한 것은 전혀 없는 가운데, 뒷방에서는 오랜 시간이 흘렀다. 방 안에서는 석탄이 탁탁 타올랐고, 빛과 그림자는 다섯 개나 되는 창백한 흉상의 이마와, 책장과, 그 안에 덧댄 붉은 모직 천 위로 번갈아 드리웠다. 가끔 계단의 발걸음이 그냥 지나치지 않고, 문밖에서 멈췄다. 손잡이가 돌아가는 것이 보였다. 실제로 문이 열렸다. 누군가가 들어왔다. 그러면 가구의 모습이 얼마나 이상하게 바뀌던지! 소리와 냄새가 소용돌이치며 일시에 확 퍼지는 게 얼마나 놀랍던지! 그 소리와 냄새가 단번에 탁자 다리 주위로 밀려들었다 옷장의 날카로운 모서리에 가 닿았다! 아마도 그것은 음식이나 약병이 담긴 쟁반을 들고 온 윌슨이었을 것이다. 아니면 배럿 양의 두 여동생 — 애러벨이나 헨리에타 — 중 하나였을 수도 있다. 아니면 배럿 양의 일곱 남동생 — 찰스, 새뮤얼, 조지, 헨리, 알프레드, 셉티머스, 옥타비어스 — 가운데 하나였을 수도 있다. 일주일에 한두 번쯤 플러시는 뭔가 더욱 중요한 일이 일어나려 한다는 것을 알아챘다. 침대는 소파처럼 보이게 잘 꾸며질 것이다. 그 옆으로 안락의자가 바싹 끌어 당겨질 테고, 배럿 양은 인도산 숄로 몸을 잘 감쌀 것이다. 화장 도구들은 초서와 호메로스의 흉상 아래로 꽁꽁 숨을 것이고, 플러시의 털도 가지런히 빗길 것이다. 오후 두 시나 세 시 무렵이면, 다른 소리와 뚜렷이 구별되는 특유의 노크 소리가 났다. 배럿 양은 홍조를 띠고 미소 지으며 손을 뻗었다. 그러면 누군가가 들어온다 — 아마도 혈색 좋고 환한 모습으로 재잘거리며 제라늄 한 다발을 들고 나타난 사랑스러운 미트포드 양일 것이다. 그녀가 아니라면 친절이 흘러넘치는 땅딸막하고 말끔한 노신사 케넌 씨가 책을 들고 나타난 것일 수도 있다. 혹은 어쩌면 케넌 씨와는 정반대로 생긴, '매우 창백한 안색, 파리하면서도 투명한 두 눈, 얇고 핏기 없는 입술 …… 튀어나온 코와 좁은 턱을 가진 귀부인 제임슨 부인'

일 수도 있다. 그들에게는 각기 특유의 몸가짐, 냄새, 음색, 어조가 있었다. 수다스럽게 지껄이는 미트포드 양은 덤벙거리면서도 현실적이었다. 세련되고 고상했지만 케년 씨는 앞니 두 개가 없었기 때문에 말할 때 약간 웅얼거렸다.[2] 이가 모두 멀쩡한 제임슨 부인은 움직일 때도 말할 때처럼 빈틈없고 정확했다.

배럿 양의 발치에 웅크리고 누워 있으면, 플러시 머리 위에서는 사람들의 목소리가 몇 시간이고 물결쳤다. 소리들은 계속 이어졌다. 배럿 양은 웃음을 터뜨렸다가, 타이르듯 말하다가, 큰 소리로 외쳤다가, 한숨지었다가 또다시 웃음을 터뜨렸다. 드디어, 플러시에게는 천만다행이었는데, 잠시 침묵이, 심지어 미트포드 양과 대화하는 중에 침묵이 찾아왔다. 벌써 일곱 시란 말인가? 정오 때부터 여태 있었단 말인가! 기차를 놓치지 않으려면 미트포드 양은 뛰어가야 할 판이다. 케년 씨는 소리 내어 읽고 있던 책을 덮고, 난로를 등지고 섰다. 제임슨 부인은 자로 잰 듯 빈틈없는 동작으로 손가락을 하나씩 장갑 안에 정확히 밀어 넣었다. 그러면서 한 손으로는 플러시를 톡톡 쓰다듬고, 다른 손으로는 귀를 잡아당겼다. 작별 인사 과정은 참을 수 없을 정도로 길었다. 마침내 제임슨 부인, 케년 씨, 그리고 미트포드 양까지 일어나 작별 인사를 했고, 뭔가는 기억했고, 뭔가는 깜박했으며, 무언가는 생각

47   두 번째 이야기 뒷방에서

났고, 문에 이르러 문을 열었으며, 그러고는 매우 고맙게도 드디어 가 버렸다.

매우 창백해진 배럿 양은 몹시 지쳐 베개 위로 풀썩 쓰러졌다. 플러시는 좀 더 가까이 살금살금 다가갔다. 드디어 이제 그들 둘만 남았다. 그러나 손님들이 너무 오랫동안 머물렀기에 저녁 시간이 다 되었다. 아래층에서 냄새가 올라오기 시작했다. 배럿 양의 저녁 식사를 쟁반에 챙겨 들고 윌슨이 문간에 나타났다. 배럿 양 옆 탁자에 식사가 차려졌고, 덮개가 벗겨졌다. 하지만 손님을 맞이하느라 옷을 차려입고 대화를 나누고, 방의 열기와 부산스러운 작별 인사로 배럿 양은 너무 지쳐서 입맛이 없었다. 그녀는 저녁 식사로 닭 날개나 자고새 날개, 또는 양 갈비가 올라온 것을 보고는 한숨을 살짝 쉬었다. 윌슨이 방에 있는 동안은 나이프와 포크를 만지작거리며 한 술 뜨는 시늉을 했다. 그러나 이윽고 문이 닫히고 둘만 남자, 배럿 양은 신호를 보냈다. 그녀는 포크를 집어 들었다. 닭 날개가 통째로 찍혀 있었다. 플러시가 다가갔다. 배럿 양이 고개를 끄덕였다. 아주 살살, 아주 솜씨 좋게, 부스러기 하나 흘리지 않고 플러시는 날개를 해치웠다. 깨끗이 삼켜 아무런 흔적도 없었다. 걸쭉한 크림이 엉긴 라이스 푸딩도 같은 운명을 맞이했다. 플러시가 일조한 것보다 더 깔끔하고 더 효과적인 합작품은 없을 것이다. 플러시는 평소와 같이 배럿 양의 발치에 웅크린 채 누워 있었는데, 분명히 잠자고 있었을 것이다. 근사한 저녁을 먹었다는 듯 배럿 양이 누워서 쉬고 있는데, 유난히 더 육중하고 침착하면서도 단호한 발소리가 다시 들리더니 계단에서 멈추었다. 엄숙하게 노크하는 소리는 들여보내 달라고 묻는 것이 아니라 들어가겠다고 통보하는 소리였다. 문이 열리고, 온통 검은색 옷차림의 매우 무시무시한 노신사가 들어왔다. 바로 아버지 배럿 씨였다. 그의 눈길은 즉시 쟁반으로 향했다. 음식은 다 먹었나? 자신이 하라는 대로 했나? 그랬다, 접시는 깨끗이 비어 있었다. 딸의 순종이 흡족스러운 듯, 배럿 씨는 딸 옆에 있던 의자에 풀썩 앉았다. 그 검은 몸체가 다가오자 플러시는 두려움과 공포로 등골이 오싹해졌다. 그렇게 천둥이 으르렁거리고 하느님의 음성이 들려올 때면 그는 야만인이 되어 꽃들 사이에서 전율하면서 웅크리게 된다. 그때 윌슨이 휘파람 소리를 냈다. 배럿 씨에게 마치 자기 생각을 읽혔고 그러한 생각들이 사악하기라도 한 것처럼 꺼림칙해지는 플러시는 방에서 살살 기어 나와 아래층으로 내달렸다. 그가 몹시 두려워하는 강한 인물이 방에 들어왔다. 플러시가 버티기에는 역부족인 매우 강력한 사람이었다. 한 번은 플러시가 갑작스럽게 안으로 불쑥 들어간 적이 있었다. 배럿 씨는 딸 옆에서 무릎을 꿇고 기도하고 있었다.

세

번

째

이

야

기

두건을 쓴 남자

윔폴가 뒷방에서 이루어진 이러한 교육은 평범한 개에게
는 부담이었을 것이다. 그러나 플러시는 평범한 개가 아
니었다. 혈기왕성하면서도 생각이 깊은 개였다. 개였지
만 인간의 감정을 잘 헤아렸다. 방 안의 분위기는 그런 개
에게 특유의 힘으로 영향력을 발휘하고 있었다. 그의 엄
격한 자질 때문에 감수성이 손상되는 쪽으로 길러졌더라
도 플러시를 탓할 수는 없다. 당연히 플러시는 그리스어
사전을 머리에 베고 누워 있느라 짖는 것과 무는 것을 싫
어하였고, 개의 활기보다는 고양이의 고요를 선호하였다.
또한 인간과의 교감을 좋아했다. 배럿 양 역시 그의 재능
을 갈고 닦고 양성하는 데에 최선을 다했다. 한 번은 창가
에 있던 하프를 가져와 플러시 옆에 놓고는, 음악을 연주
하는 하프가 그 자체로 살아 있다고 생각하는지 물었다.

세 번째 이야기 두건을 쓴 남자

그는 하프를 보며 귀를 기울였고, 곰곰이 생각했다. 잠시 망설이는 듯했지만 이내 그렇지 않다고 결정했다. 그러고 나서 배럿 양은 거울 앞에 자신과 함께 서라고 하더니 왜 그렇게 짖으며 덜덜 떠는 건지 물었다. 맞은편에 있는 작은 갈색 개는 자신이 아니던가? 그러나 '자신'이란 무엇인가? 사람들이 보는 것인가? 아니면 본래의 그인가? 플러시는 그 질문 역시 곰곰이 생각해 보았으나 실제에 대한 문제를 해결할 수 없어서 배럿 양에게 바싹 들이대며 '온 마음을 담아' 입을 맞추었다. **그것은** 어쨌든 실재였다.

신경을 긁는 그러한 모순적 감정에 빠졌다가 골치 아픈 문제에서 막 벗어난 플러시는 아래층으로 내려갔다. 그리고 그의 태도에서 사나운 쿠바 블러드하운드인 캐틸라인이 화를 낼 그 무엇인가 —— 거만하고 교만한 기색 —— 가 풍겼다고 해도 놀랄 일은 아니었다. 캐틸라인이 갑자기 달려들어 물어뜯자 플러시는 배럿 양에게 동정을 호소하듯 울부짖으며 위층으로 쫓기듯 올라갔다. 배럿 양은 플러시가 '용사는 아니'라고 결론지었다. 하지만 왜 용사가 아니었을까? 어느 정도는 자기에게 책임이 있지 않을까? 너무도 공정했던 배럿 양은 플러시가 자기를 위해서 태양과 바깥바람을 희생했듯이, 용맹스러움 또한 희생했다는 사실을 모른 체할 수는 없었다. 이 예민한 감정은 분명 골칫거리였다. 초인종 줄에 발이 걸려 휘청거리던 케넌 씨에게 플러시가 덤벼들어 물었을 때 그녀는 사죄하느라 진땀을 뺐다. 침대에서 재워 주지 않자 밤새도록 애처롭게 끙끙거릴 때는 성가셨다. 먹여 주지 않으면 플러시가 먹으려고 하지 않을 때도 짜증스러웠다. 그러나 그 잘못은 자기가 책임지고 불편을 감수하기로 했다. 어찌 되었든 플러시는 자기를 사랑했기 때문이다. 플러시는 자기를 위해 바깥바람과 태양을 거부한 것이다. "그는 사랑받을 자격이 충분해요, 그렇지 않나요?" 그녀는 혼 씨에게 물었다. 그리고 혼 씨가 뭐라고 대답했든 배럿 양은 자기 생각이 옳다고 확신했다. 그녀는 플러시를 사랑했고, 플러시는 사랑 받을 자격이 있었다.

그러한 유대감을 깨뜨릴 만한 것은 아무것도 없는 것처럼 보였다. 흘러가는 시간은 그 유대감을 더욱 단단하게 굳히는 것 같았고, 그들이 누리는 삶에서는 그런 세월만 계속될 것 같았다. 1842년이 가고 1843년이 왔다. 1843년이 지나고 1844년이 되고, 1844년이 가고 1845년이 왔다. 플러시는 더 이상 강아지가 아니었다. 너덧 살 된 성견으로 자랐고, 삶의 최전성기를 맞이했다. 배럿 양은 여전히 윔폴가의 소파에 누워 있었고, 플러시도 여전히 소파 위 그녀의 발치에 누워 있었다. 배럿 양의 삶은 '새장 속에 갇힌 새'의 삶이었다. 때로는 몇 주 동안이나 집안에 틀어박혀 있고, 외출이라고 해 봤자 겨우 한두 시

간 마차를 타고 상점에 다녀오거나 휠체어를 타고 리젠
트파크를 산책하는 정도가 전부였다. 배럿 가 사람들은
런던을 벗어나는 법이 없었다. 배럿 씨, 일곱 형제들, 두
자매, 집사, 윌슨과 하녀들, 캐틸라인, 폴리, 배럿 양과 플
러시 모두 1월에서 12월까지 윔폴가 50번지에 칩거하며
식당에서 먹고, 침실에서 자고, 서재에서 담배를 피우고,
부엌에서 요리를 하고, 뜨거운 물이 담긴 주전자를 나르
고, 구정물을 비웠다. 의자 커버가 약간 더러워졌고, 카펫
이 약간 닳았고, 석탄 가루, 찌꺼기, 그을음, 먼지, 시가와
포도주와 고기에서 나온 연기가 틈새에, 금이 간 곳에, 천
에, 액자 위에, 조각품의 소용돌이 장식에 켜켜이 쌓여 갔
다. 그리고 배럿 양의 침실 창문에 매달려 있던 담쟁이덩
굴이 무성해졌다. 담쟁이덩굴의 녹음은 더욱 짙어졌으며,
여름이 되자 창문 화단에는 한련화와 강낭콩이 한데 뒤
엉겨 우거졌다.

　1845년 1월 초 어느 날 저녁, 우편배달부가 문을 두
드렸다. 평소대로 편지들이 우편함에 떨어졌다. 여느 때
처럼 윌슨은 편지를 가지러 아래층으로 내려갔다. 모든
것이 평소대로였다 —— 매일 밤 우편배달부가 문을 두드
렸고, 매일 밤 윌슨이 편지들을 가져 왔으며, 매일 밤 배
럿 양에게 오는 편지가 한 통 있었다. 그러나 오늘 밤에
온 편지는 평소의 편지가 아니었다. 그것은 다른 편지였

다. 봉투를 뜯기도 전에 플러시는 그 사실을 알아챘다. 배 럿 양이 편지를 집어 들고, 뒤집어 보고, 힘차고 들쭉날쭉 한 필치로 쓰인 그녀의 이름을 바라보는 모양으로 알았 다. 손가락의 형언할 수 없는 떨림에서, 봉투 덮개를 찢는 조급함에서, 읽을 때 온 정신을 집중하는 모습에서 그 사 실을 알아차렸다. 플러시는 배럿 양이 읽는 모습을 지켜 보았다. 편지를 읽는 그녀의 소리를 들을 때, 플러시는 뭔 가 위험한 경고음이 들리는 것 같았다. 잠결에 거리의 소 음 속에서 종소리가 들리면, 멀리 떨어진 누군가가 잠에 취한 우리에게 화재나 강도, 또는 우리의 평온을 위협하 는 무엇인가가 다가오고 있다는 것을 경고하기 위해 희 미하지만 위급하게 알려주고 있음을 깨닫고 놀라서 깨어 나는 것처럼, 배럿 양이 그 작고 얼룩진 종이를 읽는 동안 플러시는 그의 안전을 위협하는 위험을 경고하며 어서 일어나라고 명령하는 듯한, 잠을 깨우는 종소리가 들린 것 같았다. 배럿 양은 단숨에 편지를 읽어 내려갔다. 그리 고 천천히 다시 읽었다. 그러고 나서 봉투에 고이 접어 넣 었다. 그녀 역시 더 이상 잠을 이룰 수 없었다.

며칠 밤이 지난 뒤, 윌슨이 가지고 온 쟁반에 다시 그 편지가 있었다. 이번에도 배럿 양은 편지를 단숨에 읽고 는, 천천히 다시 읽었고, 몇 번이고 반복해서 읽었다. 그러 고 나서 미트포드 양의 수많은 편지들이 들어 있는 보관

세 번째 이야기 두건을 쓴 남자

함에 넣지 않고 따로 조심스럽게 두었다. 이제 플러시는 배럿 양의 발치에서 쿠션에 웅크리고 있으면서 오랜 시간 축적한 감수성을 톡톡히 발휘하였다. 그는 다른 사람은 결코 볼 수 없는 징후를 읽었다. 배럿 양의 손가락에서 느껴지는 감촉만으로도 그녀가 오로지 한 가지를 기다리고 있음을 알았다. 그녀가 기다리는 건 바로 우편배달부의 문 두드리는 소리였고, 쟁반에 담겨 전달되는 편지였다. 규칙적으로 가볍게 플러시를 쓰다듬다가도 갑자기 문 두드리는 소리가 나면 손가락이 긴장했으며, 윌슨이 위층으로 올라오는 동안에는 플러시를 꽉 움켜쥐었다. 그러다 편지를 받고 나면, 플러시를 놓아 주고는 플러시를 까맣게 잊어 버렸다.

그렇지만 배럿 양의 삶에 아무런 변화가 없는 한, 두려워할 게 뭐 있겠어? 그런 생각이 들었다. 그리고 바뀐 것은 없었다. 새로운 손님도 없었다. 평소처럼 케넌 씨가 왔고, 평소처럼 미트포드 양이 왔다. 남자 형제들과 자매들이 왔고, 저녁에는 아버지가 왔다. 그들은 아무것도 알아차리지 못했고, 아무것도 의심하지 않았다. 그래서 플러시는 스스로를 달래며, 며칠 동안 편지가 오지 않자 적은 사라졌다고 믿었다. 두건 달린 망토를 걸친 사내가 지나가다 밤도둑처럼 문을 흔들어 보고 잠긴 것을 확신하고는 단념하여 슬그머니 도망쳤다고 생각했다. 이제 위험은 끝났다고, 플러시는 애써 믿었다. 그 남자는 가 버렸다. 그러던 어느 날, 편지가 다시 왔다.

매일 밤 편지 봉투가 점점 더 규칙적으로 오자, 플러시는 배럿 양에게 나타난 변화의 징조를 눈치 챘다. 그녀는 예민했고 안절부절못했다. 이런 모습은 플러시에게는 처음이었다. 그녀는 읽을 수도, 쓸 수도 없었다. 그녀는 창가에 서서 밖을 바라보았다. 윌슨에게 날씨에 대해 초조하게 물었다. 여전히 동풍이 불고 있어? 리젠트파크에 봄이 왔다는 징후가 있어? 오, 아뇨. 윌슨이 대답했다. 매서운 동풍이 아직도 불고 있어요. 그러면 플러시가 느끼기에 배럿 양은 한편으로는 안도하면서도 한편으로는 안달난 것처럼 보였다. 그녀는 기침을 했다. 아프다고 투정을 부렸지만 동풍이 불 때 아팠던 것처럼 아프지는 않았다. 그러다 혼자 있을 때면 간밤의 편지를 꺼내 다시 읽었다. 그것은 그녀가 이제까지 받은 것 중 가장 긴 편지였다. 여러 장이나 되었고, 빼곡히 차 있었고, 검게 얼룩져 있었으며, 기묘하고도 생뚱맞게 생긴 작은 상형문자들로 점철되어 있었다. 배럿 양의 발치에 있었으므로 플러시는 많은 것을 볼 수 있었다. 그러나 배럿 양이 혼자 중얼거리는 말은 전혀 이해하지 못했다. 맨 마지막 장에 이르러 크게 소리 내어 읽을 때 (이해할 수는 없었지만) 단지 그녀가 동요하고 있다는 것만은 감지할 수 있었다. "두 달이나 석 달 뒤에는 당신을 만날 수 있을까요?"

이윽고 배럿 양은 펜을 집어 들더니 다급하고 초조하게 몇 장이나 써내려갔다. 그런데 그녀가 쓴 이 말들은 무슨 뜻일까? "4월이 오고 있어요. 우리가 계속 살아 있다면 곧 5월이 오고, 6월이 오는 것도 보겠지요. 그리고 어쩌면 결국에는 우리도 …… 날씨가 풀려서 제가 조금 기운을 차리게 되면, 정말 당신을 만나 보고 싶어요. 하지만 처음에는 당신을 두려워할지도 몰라요. 지금 이렇게 편지 쓰는 동안에는 그렇지 않지만요. 당신은 파라켈수스*와 같은 존재이지만, 저는 고통스러운 신경과민에 시달리며 지금은 한 걸음 내딛고 숨 한 번 내쉬는 것에도 떨 정도로 축 늘어진 은둔자일 뿐입니다."

플러시는 자신의 머리 위에서 배럿 양이 쓰고 있는 그 짧은 글을 하나도 읽을 수 없었다. 그러나 마치 모든 낱말을 읽은 것처럼, 자신의 여주인이 편지를 쓰는 동안 매우 이상하리만치 그 자신도 흥분했다. 그녀는 서로 상반된 욕망에 흔들리고 있음을 알았다. 4월이 왔으면, 아니, 오지 않았으면. 이 미지의 남자를 당장 만날 수 있다면, 아니 영영 안 보았으면. 배럿 양이 한 걸음 내딛거나 숨 한 번 내쉴 때마다 플러시도 떨렸다. 그리고 시간은 속절없이 흘러갔다. 햇빛가리개가 바람에 휘날렸다. 햇빛을 받은 흉상들은 하얗게 변했다. 새들은 둥지에서 지저귀었다. 꽃 파는

• 1835년 로버트 브라우닝은 장편시 〈파라켈수스 "Paracelsus"〉를 발표했다. 파라켈수스는 스위스의 의사이자, 연금술사, 철학자였다. 의학 혁명의 선구자로 꼽힌다. 앨리자베스 배럿이 병약한 자신의 처지를 대조적으로 표현한 것으로 보인다.

사람들이 웜폴가를 돌며 신선한 꽃들을 사라고 외치고 다녔다. 플러시는 이 모든 소리가 4월이 오고 있으며 곧 5월과 6월도 닥치리라는 걸 알았다. 그 어떤 것도 저 끔찍한 봄이 다가오는 것을 막지 못했다. 봄이 오면 무슨 일이 벌어질까? 배럿 양이 두려워하는 것, 약간 무서운 일, 플러시 역시 두려워하는 것이었다. 그는 이제 발소리만 들려도 흠칫했다. 그러나 헨리에타의 발소리였다. 노크 소리가 났다. 케넌 씨가 찾아왔다. 그렇게 4월이 지나갔고, 5월도 20일이 훌쩍 지났다. 그러고 나서 5월 21일이 되자 플러시는 그날이 오고야 말았다는 것을 알았다. 5월 21일 화요일 배럿 양은 거울을 열심히 들여다보았고, 인도산 숄을 우아하게 두르고는, 윌슨에게 안락의자를 가까이, 하지만 너무 바싹은 아니게 끌어다 놓으라고 시키더니, 이것저것 매만지고 나서 베개 사이에 자리를 잡고 꼿꼿이 앉았다. 플러시도 긴장하여 그녀의 발치에 몸을 웅크렸다. 그들은 단둘이서만 기다렸다. 마침내 메릴본 교회의 시계가 두 시를 쳤고, 그들은 기다렸다. 그 뒤 메릴본 교회의 시계가 한 번만 쳤다. 두 시 반이었다. 그리고 그 한 번의 타종이 잦아들 때쯤 현관문을 과감하게 두드리는 소리가 들렸다. 배럿 양은 안색이 창백해졌고, 꼼짝 않고 있었다. 플러시 역시 꼼짝 않고 있었다. 위층으로 그 무서운, 피할 수 없는 발소리가 올라왔다. 한밤중에 두건을 쓴 불길한 모습의 남자가 위층으로 올라왔다는 것을 플러시는 알았다. 이제 그의 손이 문에 닿았다. 손잡이가 돌아갔다. 거기에 그가 서 있었다.

"브라우닝 씨가 오셨어요." 윌슨이 말했다.

플러시는 배럿 양의 얼굴에 화색이 돌고 두 눈이 밝게 빛나며 입술이 벌어지는 것을 지켜보았다.

"브라우닝 씨!" 그녀가 외쳤다.

말쑥한 차림새의 훌륭한 브라우닝 씨는, 노란 장갑[3]을 손에 비틀어 쥐고는, 눈을 깜박이며, 갑작스럽게 방을 성큼성큼 가로질러 들어왔다. 그는 배럿 양의 손을 잡은 채 그녀와 마주한 소파 옆 의자에 앉았다. 곧 두 사람은 이야기를 나누기 시작했다.

두 사람이 이야기를 나누는 동안 플러시는 견딜 수 없을 정도로 외로웠다. 전에는 자신과 배럿 양이 불 밝힌 동굴에 함께 있다고 느꼈다. 이제 동굴에는 더 이상 불빛이 없었다. 어둡고 축축했으며, 배럿 양은 동굴 밖에 있었다. 그는 주위를 둘러보았다. 모든 것이 변했다. 책장과 다섯 개의 흉상들 — 그것들은 더 이상 만족스러운 듯 굽어보고 있는 친근한 신상들이 아니었다 — 은 이질적이고 범접하기 어려운 존재로 느껴졌다. 플러시는 배럿 양의 발치에서 자세를 바꾸었다. 배럿 양은 전혀 알아채지 못했다. 플러시는 낑낑댔다. 두 사람 귀에는 그 소리가 들리지도 않았다. 결국 플러시는 긴장과 침묵의 고통에 사로잡혀 누워 있었다. 두 사람의 대화는 계속 이어졌지만, 보통의 대화처럼 잔잔하고 살랑살랑 흘러가지 않았다. 획획 달음질치는가 하면 불쑥 튀어나왔다. 잠시 멈췄다가 또다시 달음질쳤다. 플러시는 배럿 양의 목소리에서 그런 소리 —— 그렇게 활기차고 흥분된 소리 —— 를 들어 본 적이 없었다. 그녀의 두 볼은 이제껏 본 적이 없을 정도로 환하게 빛났고, 커다란 두 눈은 이제껏 본 적이 없을 정도로 활활 타올랐다. 시계가 네 시를 쳤다. 그들의 대화는 계속 이어졌다. 얼마 뒤 네 시 반을 알리는 소리가 들렸다. 그제야 브라우닝 씨는 벌떡 일어섰다. 그의 동작 하나하나마다 무서운 결의와 두려운 대담함이 드러났다. 이내 그는 배럿 양의 손을 단단히 쥐더니, 모자와 장갑을 챙기고는, 작별 인사를 했다. 그가 계단을 뛰어 내려가는 소리가 들렸다. 그의 뒤로 대문이 쾅 닫혔다. 그는 가 버렸다.

하지만 배럿 양은 케년 씨나 미트포드 양이 가고 났을 때와 달리 베개에 까부라지듯 쓰러지지 않았다. 그녀는 여전히 꼿꼿하게 앉아 있었고, 두 눈은 여전히 타올랐으며, 두 뺨도 여전히 빛났다. 그녀는 브라우닝 씨가 여전히 함께 있다고 느끼는 것 같았다. 플러시가 그녀를 건드렸다. 그녀는 흠칫 놀라며 그제야 플러시의 존재를 인식했다. 그의 머리를 가볍게, 기쁜 듯이 쓰다듬었다. 그리고 빙그레 웃으며, 알 수 없는 눈길을 보냈다. 마치 플러시가 말할 수 있으면 좋겠다는 듯이. 마치 자기가 느끼는 것을 플러시도 느끼기를 기대하는 것처럼. 그러고 나서 그 생각이 터무니없다는 듯 측은하게 웃음을 터뜨렸다. 플러시, 불쌍한 플러시는 배럿 양이 느끼는 것을 하나도 느끼지 못했다. 그녀가 알고 있는 것을 조금도 알지 못했다. 둘 사이를 갈라놓는 이렇듯 황량하고 참담한 거리감은 처음이었다. 그는 철저히 무시당한 채 그곳에 있었다. 자신은 아예 그곳에 없는 것 같았다. 그녀는 그가 있다는 것조차 기억하지 못했다.

그날 밤 그녀는 닭고기를 싹 먹어치웠다. 플러시에게는 감자나 닭 껍질 부스러기 하나 떨어지지 않았다. 평소처럼 배럿 양의 아버지가 왔을 때, 플러시는 그의 둔감함에 놀랐다. 배럿 씨는 그 남자가 앉았던 바로 그 의자에 앉았다. 그 남자의 머리가 기댔던 바로 그 쿠션에 머리를 기댔는데도 아무것도 감지하지 못했다. "그 의자에 누가 앉아 있었는지 몰라요? 그의 냄새가 안 나나요?" 플러시는 놀랐다. 플러시는 그 방 전체가 브라우닝 씨라는 존재의 냄새가 진동하고 있음을 알았다. 그의 냄새가 밴 공기는 책장을 곧장 지나, 다섯 개의 창백한 흉상의 머리 주위를 소용돌이치며 휘감고 있었다. 그러나 딸 옆에 앉은 건장한 남자는 완전히 자신에게 몰두해 있었다. 그는 아무것도 알아채지 못했다. 그는 아무것도 의심하지 않았다. 그의 둔감함에 경악하며 플러시는 그를 지나쳐 슬그머니 방에서 나왔다.

그러나 믿을 수 없을 정도로 아무런 낌새를 눈치 채지 못하던 배럿 양의 가족들도 몇 주가 지나자 변화를 알아차리기 시작했다. 배럿 양은 방에서 나와 아래층으로 내려가 응접실에 앉았다. 그러고는 오랫동안 하지 않던 것을 했다. 여동생과 함께 데번셔 플레이스 입구까지 직접 걸어서 다녀온 것이었다. 친구들과 가족은 그녀가 회복된 것에 놀라워했다. 그 힘의 원천은 오로지 플러시만 알고 있었다. 안락의자에 앉는 알 수 없는 남자에게서 나온 것이었다. 그는 오고, 또 오고, 또 찾아왔다. 처음에는 일주일에 한 번씩 오더니 곧 두 번씩 왔다. 그는 항상 오후에 와서 오후에 갔다. 배럿 양은 늘 혼자 그를 만났다. 그가 오지 않은 날에는 편지가 왔다. 그리고 그가 가고 나면, 그 자리에 그의 꽃이 있었다. 아침에 혼자 있을 때면 배럿 양은 그에게 편지를 썼다. 검은색 머리와 불그레한 뺨에, 노란 장갑을 낀, 가무잡잡하고, 긴장되고, 무뚝뚝하면서도 활기 넘치는 그 남자는 도처에서 존재감을 드러냈다. 당연히 배럿 양은 몸 상태가 더 좋아졌고, 물론 걸을 수도 있었다. 플러시는 가만히 누워 있을 수만은 없다는 것을 알았다. 오래된 갈망이 꿈틀거렸고, 새로운 흥분

세 번째 이야기 두건을 쓴 남자

이 그를 사로잡았다. 심지어 자는 동안에도 온통 꿈을 꾸었다. 스리마일크로스에서 지내던 옛 시절 이후 꾸지 않았던 꿈들을 꾸었다. 우거진 풀밭에서 튀어나오는 산토끼들을 시작으로, 긴 꼬리를 펄럭이며 황급히 날아오르는 꿩, 그루터기에서 휙휙 솟아오르는 자고새에 대한 꿈을 꾸었다. 그는 사냥하는 꿈을, 자신으로부터 도망치고 달아나는 점박이 스패니얼들을 쫓아다니는 꿈을 꾸었다. 스페인인가 하면 웨일스였고, 어느새 버크셔였다. 그는 리젠트파크에서 공원관리인의 곤봉을 피해 도망치고 있었다. 그러다 갑자기 눈을 떴다. 산토끼도, 자고새도 없었다. 휘두르는 채찍도, "스팬! 스팬!"이라고 외치는 거무스름한 남자들도 없었다. 소파에 있는 배럿 양에게 이야기하는 안락의자의 브라우닝 씨만 있을 뿐이었다.

그 남자가 있는 동안은 잠을 잘 수 없었다. 플러시는 눈을 크게 뜬 채 누워서 듣고 있었다. 때로는 일주일에 세 번씩 두 시 반에서 네 시 반까지 머리 위로 오가는 짧은 말들을 전혀 이해할 수 없었지만, 말의 어조가 변하고 있다는 것은 아주 정확하게 감지했다. 배럿 양의 목소리는 처음엔 가식적이고 부자연스러울 정도로 쾌활했다. 지금은 전에 한 번도 들어 보지 못했던 온기와 편안함이 더해졌다. 그리고 그 남자가 올 때마다, 두 사람의 목소리에는 약간 새로운 소리들이 묻어났다. 이제는 기이하게 재잘거렸다. 넓게 펼쳐 날아가는 새처럼 그 소리들은 플러시 위로 스치듯 날아갔다. 이젠 새 두 마리가 한 둥지를 튼 것처럼 정답게 속삭이며 구구거렸다. 그런 다음 배럿 양의 목소리가 다시 날아올라 공중을 활공하며 선회했다. 그러면 브라우닝 씨는 날카롭고 거친 웃음소리를 토해 냈다. 그런 다음에는 두 개의 목소리가 합쳐지면서 조용히 웅얼대는 속삭임만 들렸다. 그러나 여름이 물러나고 가을로 접어들면서 플러시는 끔찍한 불안감이 감도는 또 다른 어조를 감지했다. 그 남자의 목소리에는 배럿 양을 놀라게 만드는 새로운 집요함과 새로운 부담감, 활력이 들어 있다고 느꼈다. 그녀의 목소리는 허둥거렸고 망설이고 있었다. 휴식을, 잠시 숨 돌릴 틈을 청하듯, 두렵다는 듯, 더듬거리다, 기어들다, 호소하다, 숨을 헐떡이는 것 같았다. 그러면 남자는 입을 다물었다.

두 사람은 플러시에게 거의 눈길을 주지 않았다. 브라우닝 씨가 나타내는 관심으로 판단컨대, 기껏해야 배럿 양의 발치에 놓인 통나무쯤으로 여겨졌을지도 모른다. 때로는 플러시를 지나쳐 갈 때 아무런 생각 없이 갑작스럽고 돌발적으로 플러시 머리를 활기차게 쓰다듬었다. 무슨 마음으로 그렇게 쓰다듬었는지는 몰라도, 플러시에게는 브라우닝 씨에 대한 극도의 반감만 생길 뿐이었다. 손에 아주 잘 맞춰진, 몹시도 꽉 끼는, 매우 탄탄한 노란 장갑을 낀 모습만 봐도 그는 이빨을 세웠다. 오! 그의 바지 속에 감춰진 그의 살을 이빨로 날카롭게 완전히 물어뜯을 수만 있다면! 그러나 감히 그럴 엄두는 나지 않았다. 모든 것을 고려했을 때, 1845년에서 1846년이 되는 그해 겨울은 플러시가 지나온 세월 중에서 가장 비참한 시절이었다.

겨울이 지나고, 다시 봄이 찾아왔다. 플러시는 그 열애가 끝나지 않으리라는 것을 알았다. 하지만 강물이 움직이지 않는 나무와 풀 뜯는 소, 나무 꼭대기로 돌아오는 까마귀 등을 반사하면서 결국에는 폭포로 흘러가듯이, 그러한 날들이 파국을 향해 치닫고 있음을 알았다. 공기에서 변화의 조짐이 감지되었다. 때로는 뭔가 거대한 탈출이 임박한 것처럼 생각되었다. 집 안에서는 무슨 일이 벌어지기 전의 뭐라 설명할 수 없는 흥분이 일었다. 여행, 그게 과연 가능할까? 실제로 상자들을 꺼내어 쌓인 먼지를 털고는, 놀랍게도 상자를 열었다. 그런 다음 다시 닫았다. 아니, 떠나려는 것은 가족이 아니었다. 형제자매들은 평소처럼 들락날락했다. 그 남자가 가고 나면 아버지가 늘 정해진 저녁 시간에 방에 들렀다. 그렇다면 도대체 무슨 일이 일어나려는 걸까? 1846년 여름이 흘러가는 동안, 플러시는 변화가 가까워오고 있음을 확신했다. 영원히 변하지 않을 것 같던 목소리가 달리 들렸다. 호소하는 듯하면서도 불안해 하던 배럿 양의 목소리에서 기어드는 느낌이 사라졌다. 전에는 한 번도 들어 본 적이 없던 결단력과 대담함이 배어 있었다. 그녀가 이 침입자를 반기는 음색과, 인사할 때의 웃음소리와, 그가 그녀의 손을 꼭 잡을 때 외치는 소리를 아버지 배럿 씨가 들을 수만 있다면! 그러나 방에는 플러시 말고는 아무도 없었다. 플러시에게 그 변화는 가장 짜증스러운 것이었다. 배럿 양은 단지 브라우닝 씨에 대한 태도만 바꾸고 있는 것이 아니었다. 그녀는 모든 관계에서 변화했고, 플러시를 대하는 감정 역시 바뀌고 있었다. 플러시의 구애에 좀 더 무뚝뚝해졌고, 그의 애무도 비웃듯이 가로막았다. 그런 그녀의 행동은 그의 오래된 애정 방식이 시시하고 어리석고 꾸며 낸 무언가가 있다고 느껴지게 했다. 플러시의 공허함은 더욱 깊어졌다. 질투심이 걷잡을 수 없이 타올랐다. 7월이 되자 마침내 그는 그녀의 사랑을 되찾고, 또 어쩌면 그 새로운 연적을 쫓아내기 위해서라도, 한 차례 맹공을 퍼붓기로 결심했다. 이 이중의 목적을 어떻게 달성해야 할지 알 수 없었기에 구체적인 계획을 세우지는 못했다. 그러나 갑자기 7월 8일 플러시는 감정이 앞섰다. 브라우닝 씨에게 돌진해 사납게 물어 버린 것이다. 드디어 그의 이빨이 브라우닝 씨 바지의 얼룩 한 점 없는 깨끗한 천에 가 닿았다! 그러나 바지 안의 다리는 쇳덩이처럼 단단했다. 그에 비하면 케넌 씨의 다리는 버터였다. 브라우닝 씨는

세 번째 이야기 두건을 쓴 남자

플러시를 손으로 가볍게 쳐내더니 별일 아니라는 듯 이 야기를 계속했다. 그도 배럿 양도 플러시의 공격에 신경 쓸 가치조차 없다고 생각하는 것 같았다. 그의 옷에 날카로운 공격 한 번 제대로 펼치지 못한 채 완전히 패배하여 기세가 꺾인 플러시는 분노와 실망감에 헐떡이며 쿠션에 털썩 주저앉았다. 그러나 그는 배럿 양의 통찰력을 잘못 판단했다. 브라우닝 씨가 가고 나자, 배럿 양은 플러시를 부르더니 이제껏 알고 있던 벌 중에 최악의 벌을 내렸다. 처음에는 그의 귀를 철썩 때렸는데, 그 정도는 아무것도 아니었다. 이상하게도 그렇게 때리는 것이 오히려 마음에 들었다. 한 번 더 때린다 해도 기꺼이 받아들였을 것이다. 그러나 그녀는 냉정하고 단호한 어조로 다시는 플러시를 사랑하지 않겠노라고 말했다. 그 말은 비수처럼 그의 마음에 꽂혔다. 그들이 함께 살아오며, 모든 것을 함께 나눈 세월이 얼마인데, 이제, 단 한순간 실수한 걸 가지고 다시는 사랑하지 않겠다니. 그런 뒤, 마지막 철퇴를 가하려는 듯, 브라우닝 씨가 가져온 꽃들을 집어 들더니 물이 담긴 꽃병에 꽂기 시작했다. 플러시는 그것이 의도적이고 고의적인 악행이라고 생각했다. 플러시가 자신을 완전히 하찮은 존재로 느끼게 하려고 작정한 행동이었다. 그녀는 마치 "이 장미는 그가 준 것"이라고 말하는 것 같았다. "그리고 이 카네이션도. 붉게 빛나는 것은 노란 꽃 옆에, 또 노란 꽃은 붉은 꽃 옆에 꽂아야지. 녹색 이파리는 저기에 두고." 그러고는 한 송이씩 꽂으며 마치 노란 장갑을 낀 그 남자가 앞에 있기라도 한 듯 뒤로 물러서서 눈부신 꽃다발을 응시했다. 그렇다 할지라도, 심지어 그녀가 꽃과 이파리를 함께 꽂아 넣을 때조차도, 자신을 꼼짝 않고 바라보는 플러시의 시선을 완전히 무시할 수는 없었다. 그녀는 '그의 얼굴에 나타난 더없이 절망적인 표정'을 못 본 체할 수는 없었다. 마음을 누그러뜨리지 않을 수 없었다. "결국 전 말했어요. '플러시, 네가 착한 녀석이라면, 와서 미안하다고 해도 돼.' 그러자 녀석이 쏜살같이 방을 가로질러 와서는, 온몸을 부르르 떨면서, 제 손에 번갈아 입 맞추고는, 발을 세우고 흔들어 대면서 어쩌나 간절히 애원하는 눈빛으로 제 얼굴을 들여다보는지, 당신이었더라도 저처럼 용서했을 거예요." 이것은 배럿 양이 그 일에 대해 브라우닝 씨에게 한 설명이었다. 그리고 물론 그는 답장을 보냈다. "오, 가여운 플러시. 플러시가 질투심에 사로잡혀 나를 감시한다는 이유로, 즉 당신은 이미 알고 있지만, 다른 사람을 사귀려면 시간이 필요한 그를 내가 사랑하고 존중하지 않는다고 생각하나요?" 브라우닝 씨가 아량을 베푸는 것쯤은 식은 죽 먹기였을 테지만, 그 쉬운 아량이 어쩌면 플러시의 옆구리를 가장 아프게 찌르는 가시였을 것이다.

며칠 뒤에 일어난 또 다른 사건으로 그토록 친밀했던 그들이 얼마나 멀어졌는지, 그리고 이제는 플러시가 배럿 양에게 위로를 거의 기대할 수 없다는 것으로 드러났다. 어느 날 오후 브라우닝 씨가 가고 나자 배럿 양은 여동생과 함께 마차를 타고 리젠트파크에 바람을 쐬러 갔다. 공원 입구에서 내리다가 플러시 발이 사륜마차의 문에 끼었다. 그는 '애처롭게 울면서' 배럿 양에게 위로해 달라고 발을 들어 보였다. 예전 같았으면 배럿 양은 그보다 대수롭지 않은 일에도 아낌없이 위로의 말을 쏟아 부었을 것이다. 그러나 이제는 눈에 쌀쌀함과 조롱과 비난의 기색이 들어 있었다. 그녀는 플러시를 비웃었다. 엄살이라고 생각했다. "…… 풀밭에 내려서자마자 발은 까맣게 잊어버리고 뛰기 시작했어요."라고 그녀는 썼다. 그러고는 비꼬는 투로 언급했다. "플러시는 늘 자신의 불행을 최대한 활용하죠. 바이런 같은 부류라고나 할까요, 희생양인 척하죠." 그러나 이 부분에서 자기감정에 몰두해 있던 배럿 양은 플러시를 완전히 잘못 판단했다. 설령 발목이 부러졌더라도 플러시는 껑충껑충 뛰어갔을 것이다. 질주는 자기를 조롱한 그녀에 대한 보복이었던 것이다. 당신과는 이제 끝이야. 그것이 달려가면서 그녀에게 내비쳤던 의미였다. 꽃향기는 쓰디쓰게 느껴졌고, 발에 닿는 풀밭은 타는 듯 화끈거렸다. 먼지는 콧구멍을 환멸로 가득 채웠다.

그러나 그는 질주했고 뛰어다녔다. "개들은 반드시 목줄을 채우시오"라고 쓰인 늘 보던 팻말이 있었고, 중산모에 곤봉을 든 공원관리인들이 단속하고 있었다. 그러나 '채우시오'는 플러시에게는 더 이상 의미가 없었다. 사랑의 사슬은 끊어졌다. 플러시는 자기가 가고 싶은 곳으로 달려갔고, 자고새들을 뒤쫓았고, 스패니얼들을 뒤쫓았으며, 달리아가 피어 있는 화단 한가운데로 뛰어들었고, 눈부시게 빛나는 붉고 노란 장미들을 망쳐 놓았다. 공원관리인들이 곤봉을 던질 테면 던지라지. 내 머리통을 바술 테면 바수라지. 내장이 터져 배럿 양의 발치에 나둥그라지게 죽일 테면 죽이라지. 이제는 거리낄 게 없었다. 그러나 당연히 그런 일은 일어나지 않았다. 아무도 쫓아오지 않았고, 아무도 그를 주목하지 않았다. 유일한 공원관리인은 어떤 보모와 말하고 있었다. 결국 플러시는 배럿 양에게 돌아왔고, 그녀는 건성으로 그의 목에 목줄을 끼우고는 집으로 데리고 왔다.

그처럼 두 번이나 굴욕을 당했다면, 보통의 개, 심지어 보통의 인간일지라도 당연히 기백이 꺾였을 것이다. 하지만 플러시는 싹싹하고 유순하면서 타오르는 눈을 가지고 있었고, 일시에 확 타오를 뿐 아니라 잦아들 때조차 마지막 불꽃까지 남김없이 태우는 열정이 있었다. 그는 홀로 적과 대면해야겠다고 결심했다. 이 마지막 싸움에

제삼자가 끼어들어서는 안 된다. 당사자 본인들이 싸워야 하는 것이다. 그리하여 7월 21일 화요일 오후, 그는 슬며시 아래층으로 내려가 현관에서 기다렸다. 얼마 안 있어 거리에서부터 저벅저벅 걷는 익숙한 발소리가 들려왔다. 문을 두드리는 익숙한 소리가 났다. 브라우닝 씨가 들어섰다. 플러시의 공격이 임박했음을 어렴풋이 눈치 챘는지 브라우닝 씨는 최대한 달래 보려고 케이크를 들고 나타났다. 현관에서는 플러시가 기다리고 있었다. 브라우닝 씨는 분명히 좋은 의도로 플러시를 쓰다듬으려 했다. 어쩌면 케이크를 주려고 그랬을지도 모른다. 그러나 그게 다였다. 플러시는 전과는 달리 난폭하게 적에게 덤벼들었다. 이빨이 다시 한 번 브라우닝 씨의 바짓가랑이를 물었다. 그러나 그 순간 너무 흥분하여 불행히도 가장 중요한 침묵을 깜박했다. 그는 짖어 버렸다. 브라우닝 씨에게 달려들며 크게 짖고 말았다. 그 소리는 집안을 발칵 뒤집어 놓기에 충분했다. 윌슨이 달려서 아래층으로 내려왔다. 플러시는 윌슨에게 심하게 얻어 터졌다. 윌슨에게 완전히 제압당했다. 치욕스럽게도 질질 끌려갔다. 공격은 브라우닝 씨에게 가했는데, 윌슨에게 얻어 터졌다는 것이 수치스러웠다. 브라우닝 씨는 손가락 하나 까딱하지 않았다. 케이크를 든 브라우닝 씨는 멀쩡하게, 침착하게, 완전히 태연하게 홀로 위층 침실로 올라갔다. 플러시는 질질 끌려갔다.

플러시는 두 시간 반 동안 앵무새와 딱정벌레, 고사
리와 스튜 냄비로 가득한 부엌에 비참하게 갇혀 있다가
배럿 양 앞으로 불려갔다. 그녀는 소파에 누워 있었는데,
여동생 애러벨라가 곁에 있었다. 자기 행동이 떳떳하다고
생각한 플러시는 배럿 양 쪽으로 곧장 갔다. 그러나 그녀
는 플러시를 보려고 하지 않았다. 플러시는 애러벨라 쪽
으로 몸을 돌렸다. 그녀는 "못된 플러시, 저리 가."라고만
말했다. 윌슨이, 강력하고 무자비한 윌슨도 그 자리에 있
었다. 배럿 양은 윌슨에게 어찌된 영문인지 물었다. 윌슨
은 플러시를 때렸다고 자백했다. 하지만 '맞을 짓을 했기
때문'이라고 말했다. 그러나 오직 손으로만 때렸다고 덧
붙였다. 플러시의 유죄가 입증된 것은 순전히 윌슨의 증
언 때문이었다. 배럿 양은 플러시의 공격에 정당한 이유
가 없다고 생각했다. 그녀는 브라우닝 씨가 무척이나 고
결하고 관대하다고 생각했다. 플러시는 '맞을 짓을 했기
때문'에 하인에게 맨손으로 두들겨 맞은 것이다. 더 이상
들을 필요도 없었다. 배럿 양은 플러시에게 불리한 판결
을 내렸다. 배럿 양은 편지에 "그래서 그는 제 발치에 누
워 눈살을 찌푸린 채 저를 쳐다보며 있답니다"라고 썼다.
그러나 플러시가 바라본다 할지라도 배럿 양은 그의 눈
길을 피했다. 그렇게 배럿 양은 소파에, 플러시는 바닥에

세 번째 이야기 두건을 쓴 남자

누워 있었다.

소파에서 쫓겨나 그렇게 카펫 위에 누워 있으면서, 플러시는 영혼이 암초에 부딪혀 산산조각 나거나, 또는 발판이 될 만한 곳을 찾아 서서히 올라가 애써 마른 땅을 되찾고, 결국엔 폐허가 된 우주 꼭대기에 떠올라 전혀 새로운 설계도 위에 새롭게 창조된 세상을 둘러보는 것과 같은 격렬한 감정의 소용돌이를 겪었다. 어떻게 할 것인가? 파괴냐, 재건이냐? 그것이 문제로다. 여기에서는 그가 처한 딜레마의 윤곽만을 그려볼 수 있다. 그의 내적 논쟁은 소리 없이 진행되었기 때문이다. 플러시는 적을 물리치기 위해 두 번이나 최선을 다했지만, 두 번 다 실패했다. 왜 실패했을까? 자문해 보았다. 배럿 양을 사랑하기 때문이다. 엄격한 모습으로 소파에 조용히 누워 있는 배럿 양을 눈살을 찌푸린 채 올려다보면서, 플러시는 그녀를 영원히 사랑해야 한다는 것을 알았다. 하지만 상황은 그리 단순하지 않고 복잡했다. 플러시가 브라우닝 씨를 문다면 그것은 배럿 양을 무는 것이었다. 증오는 단순히 증오가 아니다. 증오는 사랑의 다른 이름이기도 하다. 이 부분에서 플러시는 고통스러울 정도로 곤혹스러워하며 귀를 흔들었다. 그는 불편한 듯 바닥에서 몸을 뒤척였다. 브라우닝 씨가 배럿 양이었고, 배럿 양이 브라우닝 씨였다. 사랑은 증오이고 증오는 사랑이다. 그는 기지개를 켜며 낑낑거렸고, 바닥에서 고개를 들어 올렸다. 시계가 여덟 시를 알렸다. 플러시는 꼬리를 물고 이어지는 난제에 빠져 세 시간 넘도록 누워 있었던 것이다.

엄격하고 냉담하며 완강한 배럿 양조차 펜을 툭 내려놓았다. "못된 플러시!" 그녀는 브라우닝 씨에게 편지를 쓰고 있었다. "······ 만약 플러시처럼, 사람들이 개처럼 잔인하게 행동한다면, 개들이 그러듯이 사람도 그 결과에 대해 책임을 져야만 해요. **당신**은 플러시에게 무척이나 친절하고 다정했어요! **당신**이 아닌 다른 사람이었다면 적어도 '경솔한 말'을 내뱉었을 거예요." 그녀는 입마개를 사는 것도 정말 좋은 방법이라고 생각했다. 그러고 나서 얼굴을 들어 플러시를 보았다. 그의 표정에서 뭔가 예사롭지 않은 것을 느낀 게 틀림없었다. 그녀는 잠시 멈췄다. 그리고 펜을 내려놓았다. 언젠가 플러시가 입맞춤으로 깨웠을 때, 배럿 양은 그가 판이라고 생각한 적이 있었다. 그는 자신이 준 닭고기와 크림을 듬뿍 넣은 라이스 푸딩을 먹었다. 그리고 자기를 위해 햇빛도 포기했다. 배럿 양은 플러시를 불러 용서한다고 말했다.

하지만, 일시적인 변덕으로 용서받는 것, 그리고 바닥 카펫에서 보낸 고뇌의 시간 동안 아무것도 배우지 못했다는 듯, 실제로 완전히 달라졌는데도 전과 똑같은 상태로 소파로 다시 돌아가는 것은 불가능했다. 당장은 너무 지쳐 있었기에 얌전히 따랐다. 그러나 며칠 후, 플러시가 느끼는 감정의 깊이를 보여 주는 놀랄 만한 상황이 그와 배럿 양 사이에 일어났다. 브라우닝 씨는 이미 다녀가고 없었다. 플러시는 배럿 양과 단둘이 있었다. 평소 같았으면 소파로 뛰어올라 배럿 양 발치에 있었을 것이다. 그러나 늘 하던 대로 소파로 뛰어올라 쓰다듬어 달라고 청하는 대신, 이제는 '브라우닝 씨의 안락의자'라고 불리는 곳으로 갔다. 보통 때라면 그 의자는 쳐다보기도 싫었을 것이다. 아직 적의 형상이 남아 있었으니 말이다. 그러나 이제는 내적 싸움에서 이겼고 사랑이 철철 넘쳐흐르니, 그 의자를 바라볼 뿐만 아니라 바라보는 동안 '갑자기 환희로 가득 찼다.' 플러시를 골똘히 지켜보던 배럿 양은이 기이한 징후를 알아챘다. 곧이어 플러시의 눈길이 탁자 쪽으로 향하는 것이 보였다. 탁자 위에는 아직도 브라우닝 씨가 가져 온 케이크 상자가 놓여 있었다. 플러시는 "브라우닝 씨가 남기고 간 케이크가 아직 탁자에 있다는 것을 상기시켰어요." 그것은 이제 오래된 케이크, 굳어 버린 케이크, 어떠한 식욕도 자극하지 않는 케이크였다. 플러시가 의도하는 바는 명백했다. 케이크가 신선할 때에는 적이 가져 온 것이었기 때문에 먹지 않았던 것이다. 그러나 이제는 상했더라도 먹을 것이다. 왜냐하면 그 케이크는 적이었지만 친구가 되어 버린 사람이 준 것이고, 증오가 사랑으로 바뀌었음을 상징하기 때문이다. 그렇다, 플러시는 지금 그것을 먹겠다고 의사를 표명한 것이다. 그래서 배럿 양은 일어나 케이크를 집어 들었다. 그리고 플러시에게 주며 꾸짖었다. "그래서 저는 **당신**이 플러시를 위해 가져 온 것이라고 설명해 주었어요. 그러니 과거의 못된 짓을 철저히 부끄러워해야 하며, 앞으로는 당신을 사랑할 것이며 물지 않겠노라 결심해야 한다고 알려 주었어요. 그리고 당신이 베푼 아량 덕을 보는 것이라고 했어요." 곰팡이가 피고, 파리가 들끓고, 쉰내가 나는, 맛대가리 없는 그 케이크 조각을 꾸역꾸역 삼키며 플러시는 그녀가 한 말을 자신만의 언어로 진지하게 따라 했다. 앞으로는 브라우닝 씨를 사랑할 것이며 절대로 물지 않겠노라 맹세했다.

그는 곧바로 보답을 받았다. 그 보답은 상한 케이크도, 닭고기 날개도, 지금 누리고 있는 애무의 손길도, 소파 위 배럿 양의 발치에 다시 누워도 된다는 허락도 아니었다. 그가 받은 보답은 영적인 것이었다. 그런데 신기하게도 그 효과는 육체적으로 나타났다. 모든 자연의 생명을 부식시키고 곪게 하고 죽이는 철근처럼, 증오심이 요 몇 달 내내 그의 영혼을 온통 짓누르고 있었다. 이제 날카로운 칼과 고통스러운 수술로 그 철근이 제거되었다. 다시 한 번 피가 흘렀다. 신경이 욱신거리면서 쑤셨고, 새살이 돋아났다. 봄이 된 것처럼, 자연이 크게 기뻐했다. 새가 노래하는 소리가 다시 들려왔고, 나무에서 잎이 자라나는 것이 느껴졌다. 소파 위 배럿 양의 발치에 누워 있으려니, 영광과 기쁨이 혈관을 타고 세차게 흘렀다. 플러시는 이제 영광과 기쁨에 맞서지 않았고, 같은 편이었다. 영광과 기쁨에 대한 희망, 바람, 욕망이 곧 그의 것이었다. 플러시는 이제 브라우닝 씨의 뜻에 동조하여 짖을 수 있었다. 짧고 날카로운 말에 그의 뒷목 털이 곤두섰다. "매일 화요일이었으면 좋겠어!" 브라우닝 씨가 외쳤다. "한 달 내내, 일년 내내, 평생토록 화요일이었으면!" 플러시가 브라우닝 씨의 말을 그대로 따라 했다. 한 달 내내, 일 년 내내, 평생토록 화요일이었으면! 당신들 둘이 원하는 것을 나도 원해. 우리 셋은 가장 영예로운 대의명분의 공모자다. 우리는 공감으로 하나가 된다. 우리는 증오로 하나가 된다. 우리는 흉악하고 위협적인 압제에 저항하며 하나가 된다. 우리는 사랑으로 하나가 된다. 요컨대, 플러시의 모든 희망은 이제 어렴풋이 알고 있는 어떤 사람에게 달려 있었지만, 그럼에도 확실히 드러나고 있는 승리는 그들의 공통관심사였다. 문명과 안전, 우정 한가운데 있다가 —— 그날은 9월 1일 화요일 아침이었고, 플러시는 배럿 양과 그녀의 여동생과 함께 비어가에 있는 한 상점에 있었다 —— 갑자기, 돌연 한마디 경고도 없이, 플러시는 암흑 속

으로 곤두박질쳤다. 지하 감옥의 문이 그의 머리 위에서 닫혔다. 플러시는 도둑맞았다.[4]

네

번

째

이

야

기

화이트채플

배럿 양은 편지에 이렇게 썼다. "오늘 아침 애러벨과 저는 플러시를 데리고 비어가에 볼일이 있어 마차를 불러 타고 갔어요. 플러시는 여느 때처럼 우리를 따라 상점 안으로 들어갔다가 다시 나왔고, 제가 마차에 막 올라탈 때까지만 해도 제 바로 뒤에 있었어요. 제가 뒤돌아보며 '플러시' 하고 불렀고, 애러벨은 플러시를 찾으려고 둘러봤죠. 맙소사, 플러시가 없어졌어요! 바로 그 순간 바퀴 **아래에서** 누가 채 간 거예요, 제 말 이해하시겠어요?" 물론 브라우닝 씨는 완벽히 이해했다. 배럿 양이 목줄 채우는 걸 잊어버린 것이다. 그렇게 플러시는 도둑맞았다. 1846년 윔폴가와 그 인근 지역의 법칙은 그러했다.

겉보기에 윔폴가보다 더 견고하고 안전한 곳은 없었다. 그곳은 병자가 걷거나 휠체어를 타고 다닌다면 4층짜

네 번째 이야기 화이트채플

리 저택과 유리창, 그리고 마호가니 문이 늘어선 유쾌한 전망만이 눈에 들어온다. 심지어 오후에 마차를 타고 바깥바람을 쐴 때 마부가 신중하기만 하면, 단정하고 고상한 이 구역을 벗어날 일이 없다. 그러나 만일 병자가 아니라면, 마차가 없다면, 또는 활동적이고 건강한데다 걷는 것을 좋아하는 사람이라면, 윔폴가에서 조금 벗어나기만 해도 윔폴가의 견고함마저 의심하게 만드는 광경을 목격할 것이고 그런 말투도 듣게 될 것이며 냄새도 맡게 될 것이다. 후에 런던의 빈민굴 실태를 고발했던 성직자 토머스 빔스 씨는 이 무렵 런던 주변을 걸으면서 돌아봐야겠다는 생각을 했다. 그는 놀랐다. 정말로 충격 그 자체였다. 웨스트민스터에는 많은 화려한 건물들이 솟아 있지만, 바로 뒤편에는 소 떼 헛간 위 한 평이 조금 넘는 비좁은 공간에서 사람들이 두 명씩 따닥따닥 붙어 살고 있었다. 그는 자신이 본 것을 사람들에게 알려야 한다고 느꼈다. 그러나 소젖을 짜고 도살하고 여물을 주고 있고, 게다가 환기도 전혀 되지 않는 그 외양간 바로 위에서 방 하나에 두세 가족이 살고 있는 모습을 어떻게 점잖은 말로 설명할 수 있단 말인가? 그것은 빔스 씨가 시도했을 때 깨달았듯, 영어에 있는 모든 어휘를 총동원해야 할 만큼 어려운 과제였다. 그럼에도 그는 런던에서 가장 고상한 교구 몇 곳을 누비고 다니던 오후 동안에 목격한 것을 전해야 한다고 느꼈다. 발진티푸스가 발병할 위험이 너무 컸다. 부자들은 자신들이 어떤 위험을 맞닥뜨리고 있는지 알 수 없었다. 빔스 씨는 웨스트민스터와 패딩턴, 메릴본에서 벌어지고 있던 실태를 알게 되었을 때 잠자코 있을 수는 없었다. 예를 들면, 여기 이곳은 한때 대단한 귀족의 소유였던 오래된 저택이었다. 대리석 벽난로 선반은 그대로 남아 있다. 방들은 벽으로 막혀 있고, 난간에는 조각 장식이 남아 있지만 바닥에서는 악취가 풍기고, 벽에는 더러운 땟국이 덕지덕지 달라붙어 있었다. 한때는 연회장이었던 그 낡은 방을 반 벌거숭이 남녀가 떼를 지어 거처로 삼고 있었다. 그는 계속해서 걸어갔다. 진취적인 건축업자가 오래된 가문의 저택을 허물고 그 자리에 날림으로 지어 올린 공동주택이 있었다. 지붕에선 빗물이 새고 벽 틈새로는 바람이 들어왔다. 연녹색 하천의 물을 깡통에 퍼 올리는 아이를 보고는 그 물을 마시는지 물었다. 그렇다고 했다. 그 물로 씻기도 한다고 했다. 집주인이 일주일에 두 번만 물을 틀어 주기 때문이었다. 그러한 광경이 더욱 놀라웠던 까닭은, 런던에서도 가장 차분하고 문명화된 지역, 가장 고상한 교구가 포함되어 있는 곳에서 이런 현실을 마주했다는 사실 때문이었다. 예컨대, 배럿 양의 침실 뒤편은 런던에서 최악의 빈민가 중 하나였다. 윔폴가의 그러한 고상함은 이러한 땟국과 뒤섞여 있었던 셈이

　　　　　　　　　네 번째 이야기 화이트채플

다. 그러나 물론, 오래 전 가난한 사람들에게 넘어가 방치되어 있는 특정 지역들도 있었다. 화이트채플, 또는 토트넘 코트로드의 끝자락 삼각지대에서는 빈곤과 범죄와 불행이 몇 백 년 동안 거리낌 없이 들끓고 만연하였다. 세인트 자일스에 밀집된 낡은 건물들은 '거의 유형 식민지, 그자체로 거대 빈민촌'이었다. 매우 적절한 표현 같은데, 빈민들이 이처럼 밀집해서 정착한 곳을 루커리*라고 불렀다. 그곳에서 인간들은, 떼까마귀들이 무리지어 나무 꼭대기를 검게 물들이듯, 꼭대기에 모여 살고 있었다. 다만 이곳의 건물들은 나무가 아니었고, 더 이상 건물이라고 할 수도 없었다. 그것들은 오물로 가득 찬 골목들이 교차하는 벽돌 감옥이었다. 골목은 하루 종일 헐벗은 사람들로 붐볐고, 밤이 되면 웨스트엔드 지역에서 영업 중이던 매춘부와 거지, 도둑들이 줄줄이 다시 돌아왔다. 경찰이할 수 있는 일이라곤 아무것도 없었다. 보행자들은 가능한 한 서둘러 지나쳐 갔고, 빔스 씨가 한 것처럼 아마도 많은 인용문들과 둘러 대기, 에두른 표현으로 모든 것이제대로 된 상태는 아니라고 암시하는 것 외에는 아무것도 할 수 없었다. 콜레라가 발생할 것이고, 콜레라가 몰고 올 징후에 대한 암시도 그렇게 모호하게 둘러 대지는않을 것이다.

그러나 1846년 여름에는 아직 그러한 암시가 주어지

<hr>

* 떼까마귀나 그들의 서식지, 또는 빈민굴

지 않았다. 윔폴가와 그 인근에 사는 사람들에게 유일한 안전책은 고상한 지역을 철저히 고수하는 것이었고, 개는 목줄로 묶어서 데리고 다니는 것이었다. 배럿 양처럼 그 사실을 까먹었다가는, 지금 배럿 양처럼 대가를 치러야 했다. 그것이 세인트 자일스 바로 옆에 붙어 있는 윔폴가에 정해진 규정이었다. 세인스 자일스는 훔칠 수 있는 것을 훔쳤고, 윔폴가는 지불해야 할 것을 지불했다. 그래서 애러벨은 즉시 "많아 봐야 10파운드면 틀림없이 플러시를 찾게 될 테니 안심하라고 저를 위로하기 시작했어요." 10파운드는 테일러 씨가 요구하는 코커스패니얼의 몸값이라고 생각되었다. 테일러 씨는 범죄 조직의 두목이었다. 윔폴가의 한 부인은 개를 잃어버리자마자 즉시 테일러 씨를 찾아갔다. 그는 원하는 값을 불렀고, 몸값은 지불되었다. 그렇지 않은 경우에는 며칠 후 개의 머리와 발이 담긴 갈색의 종이 소포가 윔폴가에 배달되었다. 테일러 씨와 협상을 벌이려고 했던 이웃의 한 부인이 경험한 바로는 그랬다. 배럿 양은 당연히 몸값을 지불할 작정이었다. 그래서 집에 도착하자마자 남동생 헨리에게 말했고, 헨리는 그날 오후 테일러 씨를 만나러 갔다. '그림들이 있는 방에서 시가를 피우고 있는' 그를 발견했다. 테일러 씨는 윔폴가의 개들로 연간 2~3천 파운드의 수입을 올린다는 말이 돌았다. 테일러 씨는 '조직'과 논의해 개를 다음 날 돌려보내겠다고 약속했다. 1846년에는 개 목줄 묶는 것을 잊어버리면 그렇게 성가신 일을 반드시 겪었는데, 특히 배럿 양으로서는 돈 한푼이 아쉬운 때라 더 짜증스러웠다.

하지만 플러시 입장에서는 상황이 매우 달랐다. 배럿 양 생각에 플러시는 '우리가 자기를 되찾을 수 있다는 것을 모른다'고 생각했다. 플러시는 인간 사회의 원리들을 전혀 터득하지 못했다. 배럿 양은 9월 1일 화요일 오후에 브라우닝 씨에게 편지를 썼다. "오늘 밤 내내 플러시는 울부짖으며 슬퍼할 거예요, 저는 너무 잘 알고 있어요." 배럿 양이 브라우닝 씨에게 편지를 쓰는 동안에도 플러시는 가장 끔찍한 삶을 경험하고 있었다. 그는 극도로 당혹스러웠다. 분명 비어가에서 리본과 레이스 틈에 있었는데, 어느새 자루 속에 거꾸로 처박혔으며, 거리를 가로질러 급격히 덜컹거리다가, 마침내 이곳에서 자루 밖으로 내팽개쳐진 것이다. 주위는 온통 껌껌했다. 냉랭하고 축축했다. 현기증이 가라앉자 낮고 어두운 방에 있는 형체 몇 가지가 보였다. 부서진 의자들과 뒤집힌 매트리스였다. 곧이어 누군가 그를 잡더니 도망가지 못하게 다리를 어딘가에 단단히 매어 놓았다. 짐승인지 인간인지 분간할 수 없는 무언가가 바닥에 큰대자로 누워 있었다. 커다란 부츠와 질질 끌리는 치마가 연신 들락날락거렸다. 바닥에서 썩어가고 있던 오래된 고기 조각에는 파리들이 윙윙거리며 날고 있었다. 어두운 구석에서 아이들이 살금살금 다가와 플러시의 귀를 꼬집었다. 낑낑거렸더니 두툼한 손이 머리를 쳤다. 플러시는 벽에 기대 놓은 축축한 벽돌 위에 몸을 웅크렸다. 바닥은 다른 종류의 동물들로 북적대고 있었다. 개들은 그들 사이에 놓인 썩은 뼈를 찢고 흔들며 물어뜯고 있었다. 그들은 털 밖으로 갈비뼈가 드러날 정도로 앙상했다. 그들은 반쯤 굶주렸고, 더럽고, 병들고 털은 엉켜 있었고, 빗질이 되어 있지 않았다. 그렇지만 그들은 모두 플러시처럼 아주 높은 혈통이며, 목줄을 두르고 있으며, 하인들이 관리하는 개라는 것을 알 수 있었다.

플러시는 낑낑거릴 엄두도 못 내고 하염없이 누워 있었다. 가장 견딜 수 없는 것은 갈증이었다. 옆에 있던 양동이에 담긴 짙은 녹색이 감도는 물을 한 모금 홀짝였더니 구역질이 났다. 한 모금 더 마시느니 차라리 죽는 게 나을 것 같았다. 그런데도 위엄 있게 생긴 한 그레이하운드는 게걸스럽게 마시고 있었다. 문이 발로 걷어 채이며 열릴 때마다 플러시는 올려다보았다. 배럿 양, 배럿 양인가? 드디어 그녀가 왔나? 그러나 들어온 것은 털북숭이 악당이었다. 그는 다른 것들에는 눈길도 주지 않고 부서진 의자로 걸어가 털썩 앉았다. 점점 더 어두워졌다. 바닥 위, 매트리스 위, 부서진 의자 위에 있는 형체들을 거의 알아볼 수 없었다. 벽난로 위 선반에는 타다 남은 양초 토막이 붙어 있었다. 바깥 도랑에서는 불빛이 타오르고 있었다. 깜박거리며 타는 촛불의 흐릿한 빛으로 플러시는 창문에서 바깥을 지나가는 끔찍한 얼굴들을 곁눈질로 힐끔거리며 보았다. 이윽고 사람들이 들어오자 가뜩이나 혼잡한 작은 방이 더 꽉 차서 플러시는 뒷걸음쳐서 벽 쪽에 더욱 바짝 붙어 누워야 했다. 이 끔찍한 괴물들은 —— 누더기를 걸친 자들도 있고, 짙은 화장과 깃털들을 과시하는 자들도 있었다 —— 바닥에 쪼그려 앉기도 하고, 탁자 위에 구부정하게 앉기도 했다. 그들은 술을 마시기 시작했다. 욕설과 주먹질이 오고 갔다. 바닥에 자루를 내려놓자 더 많은 개들이 쏟아져 나왔다. 작은 애완용 개들도 있었고, 목에 아직 목걸이가 걸린 사냥개들인 세터와 포인터도 있었다. 그리고 커다란 앵무새 한 마리가 허둥지둥 여기저기로 퍼드덕거리며 시끄럽게 울어 댔다. "예쁜이 폴! 예쁜이 폴!" 마이다 베일에 사는 미망인인 주인마저도 무서워했을 어조였다. 곧이어 여성용 가방이 열리자, 배럿 양과 헨리에타 양이 끼고 있던 것과 같은 브로치와 반지, 그리고 팔찌들이 탁자 위로 쏟아졌다. 악당들이 손을 뻗어 움켜쥐며 서로 갖겠다고 악다구니를 쳤다. 개들이 짖어 댔다. 아이들은 비명을 질렀고, 그 화려한 앵무새는 —— 플러시가 윔폴가의 창문에 매달려 있는 것을 자주 봤던 그런 새— 슬리퍼를 던지면 더욱더 빨리 "예쁜이 폴! 예쁜이 폴!" 하고 시끄럽게 울어 대며 그 멋진 노란 빛이 나는 은회색 날개를 미친 듯이 퍼덕거렸다. 그러자 초가 넘어져 떨어졌다. 방이 컴컴해졌다. 방 안은 점점 뜨거워졌다. 냄새와 열기를 참을 수 없었다. 코가 화끈거렸고, 털가죽은 경련을 일으켰다. 아직 배럿 양은 오지 않았다.

배럿 양은 윔폴가에서 소파에 누워 있었다. 초조하고 걱정되었지만 그렇게 심하게 두렵지는 않았다. 물론 플러시는 힘들어 할 것이다. 밤새도록 낑낑거리며 짖을 것이다. 그러나 그것은 단지 시간 문제였다. 테일러 씨가 몸값을 부를 것이다. 그 돈을 내어 줄 것이다. 그러면 플러시는 되돌아올 것이다.

9월 2일 수요일 아침, 화이트채플의 빈민굴에 날이 밝았다. 깨진 창문들이 점차 회색으로 변해 갔다. 바닥에 큰대자로 누워 있는 악당들의 털북숭이 얼굴들 위로 빛이 쏟아졌다. 플러시는 눈을 가리고 있던 비몽사몽에서 깨어나 다시 한 번 현실을 깨달았다. 지금은 이 방, 이 악당들, 단단히 묶여 있는 이 개들이 낑낑거리는 모습, 어두컴컴함, 축축함이 현실이었다. 어제 배럿 양 자매와 리본들에 둘러싸여 상점에 있었던 게 사실일까? 윔폴가와 같은 곳이 있기나 한 걸까? 신선한 물이 보라색 그릇에서 반짝거리는 그런 방이 있기나 했던 것일까? 쿠션 위에 누워 있었던 일이, 맛있게 구운 닭 날개를 얻어먹었던 일이, 분노와 질투심에 사로잡혀 노란 장갑을 낀 남자를 물었던 일이 있기나 했던 걸까? 그러한 삶 전체와 당시의 감정들이 떠내려가듯 사라지면서 현실이 아닌 것처럼 느껴졌다.

칙칙한 빛이 새어 들어오는 이곳, 자루에 누워 있던 여자가 몸을 일으키더니 맥주를 가지러 휘청거리며 걸어갔다. 음주와 욕설이 다시 시작되었다. 뚱뚱한 여자가 플러시의 귀를 붙잡아 올리더니, 옆구리를 꼬집고, 플러시를 놀리는 불쾌한 농담을 지껄였다. 그러고 다시 바닥에 집어던졌고, 그에 한바탕 웃음이 터졌다. 쾅 소리가 나며 문이 발로 걷어차이며 열렸다. 그럴 때마다 플러시는 고개를 들었다. 윌슨인가? 어쩌면 브라우닝 씨일까? 아니면 배럿 양? 그러나 아니었다. 또 다른 도둑, 또 다른 살인자일 뿐이었다. 질질 끌리는 치맛자락들과 딱딱한 목이 긴 부츠들만 보이자 그는 다시 몸을 웅크렸다. 한번은 플러시 쪽으로 던져진 뼈다귀를 물어뜯어 봤다. 그러나 단단한 살점은 뜯기지 않았고, 고약한 냄새가 나 구역질이 났다. 갈증은 더욱 심해져 어쩔 수 없이 양동이에서 쏟아진 녹색 물을 조금 핥았다. 할 수 없이 얼기설기 붙여 놓은 부서진 판자 위에 누워 있으려니 수요일 하루가 지나며 점점 더워져 갈증이 심해지더니 목이 바싹바싹 타들어갔다. 무슨 일이 벌어지고 있는지 거의 감지하지 못했다. 문이 열릴 때만 고개를 들어 쳐다보았을 뿐이다. 아니다, 이번에도 배럿 양이 아니었다.

한편 웜폴가에서 소파에 누워 있던 배럿 양은 점점 불안해졌다. 일은 더디게 진척되었다. 테일러는 수요일 오후에 화이트채플로 내려가 '조직'과 협의할 것이라고 약속했었다. 그런데 수요일 오후가 가고 저녁이 지났는데도 테일러는 오지 않았다. 이는 단지 몸값을 올리려는 수작이라고 생각되었는데, 몸값 인상은 당장은 곤란한 일이었다. 그럼에도 당연히 지불해야 할 것이다. 그녀는 브라우닝 씨에게 편지를 썼다. "당신도 알다시피, 플러시는 꼭 되찾아 와야 해요. 위험을 무릅쓰면서까지 협상하고 흥정할 수는 없어요." 소파에 누워 브라우닝 씨에게 편지를 쓰고 있으면서도 문 두드리는 소리가 들리는지 귀를 쫑긋 기울였다. 윌슨이 편지를 들고 나타났다. 얼마 후에 윌슨이 따뜻한 물을 들고 다시 나타났다. 벌써 잘 시간이 되었건만 플러시는 오지 않았다.

9월 3일 목요일, 화이트채플에 동이 텄다. 문이 열렸다 닫혔다. 플러시 옆 바닥에서 밤새 낑낑거렸던 레드 세터는 두더지가죽 조끼를 입은 악당에게 끌려갔다. 어떤 운명을 맞이하게 될까? 죽임을 당하는 편이 나을까, 여기에 남아 있는 편이 나을까? 이렇게 살아 있는 것, 아니면 그렇게 죽는 것 중 어느 쪽이 더 끔찍할까? 소음, 굶주림, 갈증, 그곳의 지독한 악취는 —— 한때 자신이 오데 코롱 향기를 몹시 싫어했다는 사실이 갑자기 떠올랐다 —— 그 어떤 확실한 이미지, 유일한 욕망도 순식간에 지워 버렸다. 옛 기억의 단편들이 머릿속에서 떠다니기 시작했다. 저 소리는 늙은 미트포드 씨가 들판에서 외치는 음성일까? 저 소리는 케렌하포크가 문에서 빵집 주인과 잡담하는 소리일까? 방에서 덜컹거리는 소리가 들리자 미트포드 양이 제라늄을 한 다발 묶고 있는 소리가 아닐까 생각이 들었다. 그러나 그것은 단지 바람이 —— 오늘은 폭풍우가 불고 있었다 —— 깨진 유리창에 붙여 놓은 갈색 종이들을 뒤흔드는 소리였다. 그것은 술에 취해 헛소리를 하는 목소리였다. 마귀같이 생긴 노파가 구석에서 불 위의 프라이팬에 청어를 구우면서 쉬지 않고 계속해서 중얼거리는 소리일 뿐이었다. 플러시는 잊혔고 버려졌다. 구해 주러 오는 이는 없었다. 말을 걸어오는 목소리도 없었다. 앵무새들은 "예쁜이 폴, 예쁜이 폴"이라고 외치고, 카나리아들은 계속해서 의미 없이 짹짹거리며 울었다.

다시 저녁이 되자 방은 어두워졌다. 불 켜진 초가 접시에 놓이자 흐릿한 빛이 주변으로 확 퍼졌다. 등에 자루를 맨 사악한 사내들과 짙은 화장을 한 야한 여자들이 문가에서 발을 질질 끌며 들어오더니 부서진 침대와 탁자

에 몸을 던졌다. 또 하룻밤이 화이트채플에 칠흑 같은 어
둠을 드리웠다. 지붕의 구멍에서는 빗방울이 빗물받이 양
동이 속으로 끊임없이 똑똑 떨어졌다. 오늘도 배럿 양은
오지 않았다.

윔폴가에 목요일이 밝아 왔다. 플러시의 흔적은 보
이지 않았다. 테일러에게서는 아무런 연락도 없었다. 배
럿 양은 몹시 두려웠다. 어찌된 영문인지 알아 봤다. 남동
생 헨리를 불러 꼬치꼬치 캐물었다. 알고 보니 헨리가 거
짓말을 한 것이었다. '마왕' 테일러는 약속대로 전날 밤에
왔었다. 그는 자신의 조건을 밝혔다. 조직의 몫으로 6기
니, 자신의 몫으로 10실링을 불렀다고 한다. 그러나 헨리
는 누이에게 전하는 대신 아버지에게 알렸고, 그 결과 당
연히, 아버지는 돈을 주지 말라고 했으며 테일러가 찾아
온 것도 누이에게 숨기라고 명령했다고 했다. 배럿 양은
'무척 짜증스럽고 화가 났다.' 동생에게 즉시 테일러 씨
를 찾아가 돈을 지급하라고 했다. 헨리는 '아버지를 들먹
이며' 거절했다. 그러나 아버지를 들먹여 봤자 아무 소용
이 없다고 배럿 양은 큰 소리를 냈다. 그들이 아버지를 두
고 왈가왈부하는 동안, 플러시는 죽게 될 것이다. 배럿 양
은 결심했다. 헨리가 가지 않겠다면, 자기가 직접 가겠노
라고. "…… 내가 원하는 대로 사람들이 하지 않으면 내일
아침에 내가 직접 가서 플러시를 데려 오겠어요." 그녀는

브라우닝 씨에게 그렇게 썼다.

그러나 배럿 양은 행동이 말처럼 그리 쉽지 않다는 것을 깨달았다. 그녀가 플러시에게 가는 것은 플러시가 그녀에게 오는 것만큼이나 어려웠다. 윔폴가의 모든 사람들이 그녀를 말렸다. 플러시를 도둑맞았고, 테일러가 몸값을 요구했다는 소식은 이제 모든 사람들에게 알려졌다. 윔폴가는 화이트채플에 대항하기로 결심했다. 배럿 양에게 그리스어와 그리스 문학을 가르쳤던 시각장애자 보이드 씨는 몸값을 지급하면 '무서운 죄'를 저지르는 것이라는 견해를 전했다. 아버지와 남동생은 결탁하여 배럿 양의 결정을 반대했고 그들 계급의 이익을 위해서라면 어떤 배신행위도 저지를 수 있었다. 그러나 무엇보다도 최악 ── 훨씬 더 나쁜 것 ── 은 브라우닝 씨가 자신의 모든 영향력, 모든 웅변, 모든 학식, 모든 논리를 동원하여 윔폴가 편을 들며 플러시의 반대편에 섰다는 것이었다. 만일 배럿 양이 테일러에게 굴복한다면, 그것은 폭력에 굴복하는 것이고 협박범들에게 굴복하는 것이며 악이 정의를 이기고 사악함이 순수함을 이기는 힘을 키워 주는 것이라고 편지에 썼다. 만약 그녀가 테일러의 요구를 들어준다면 "…… 개의 몸값을 치를 만큼 충분한 돈이 없는 가난한 주인들은 어떻게 하죠?" 브라우닝 씨는 상상력에 불을 붙였다. 테일러가 자기에게 단 5실링이라도 요구하면 뭐라고 말할지까지 상상하기에 이르렀다. 그는 이렇게 말할 것이었다. "당신은 당신 패거리가 저지른 짓에 책임을 져야 하오. 그리고 당신, 내 말 잘 들으시오, 내 앞에서 머리나 발을 잘라 버리겠다는 허튼 소리는 하지도 마시오. 내 분명히 장담하는데, 나는 당신을 끌어내리고, 골탕 먹이는 데 평생을 바칠 거요. 상상할 수 있는 온갖 수단을 동원해서 당신을 파멸시킬 것이고, 할 수 있는 한 당신의 공범자들을 있는 대로 다 찾아낼 거요. 물론 **당신**은 벌써 찾아내었으니 절대로 가만두지는 않을 것이고 ……." 일이 잘 풀려 브라우닝 씨가 테일러를 만났더라면 그는 그렇게 대답했을 것이다. 실제로 바로 그 목요일 오후에 브라우닝 씨는, 오후 우편물 수거 시간에 맞추어 두 번째 편지를 썼다. "…… 여러 계층의 온갖 압제자들이, 마음만 먹으면, 다양한 방식으로 약자와 침묵하는 자들의 갖가지 비밀을 가로채 알아 낸 뒤 어떻게 그들의 마음을 움직이는지 상상하기만 해도 끔찍합니다." 하지만 그는 배럿 양을 탓하지는 않았다. 즉, 지금까지 그녀가 한 일은 모두 옳았고 그에게는 완전히 만족스러웠던 것이다. 그럼에도 그는 금요일 아침 편지에 이렇게 썼다. "나는 그것이 통탄할 만한 나약함이라고 생각하며 ……" 만약 그녀가 개를 훔친 테일러에게 자신감을 북돋워 준다면, 그것은 사람의 인격을 훔친 바나드 그레고리*에게 자신감을 북돋워 주

---

* 　바나드 그레고리Barnard Gregory(1796~1852): 영국의 저널리스트, 출판인, 배우. 1831년부터 1849년까지 발간한 신문 《풍자가The Satirist》에 런던 주민들의 스캔들을 자주 실었다. 때로는 기사에 게재할 대상들을 상대로 협박을 일삼기도 했다. 그가 실은 기사들로 유명 인사들의 명예훼손 소송이 이어졌고, 그 결과 여러 번 투옥되었다.

는 것이나 마찬가지라는 것이었다. 그녀는 바나드 그레고리와 같은 협박범이 살생부를 작성하여 그들의 명예를 실추시켰기 때문에 스스로 목숨을 끊거나 나라를 등진 모든 불쌍한 희생자들에 대해 간접적으로 그녀가 책임이 있다는 것이었다. "그런데 세상에서 가장 분명하면서도 이 자명한 이치를 내가 왜 글로 쓰고 있는 거죠?"라면서 브라우닝 씨는 매일 두 차례나 뉴 크로스에서 달려와 큰 소리로 열변을 토했다.

배럿 양은 소파에 누워 브라우닝 씨가 보낸 편지들을 읽었다. 포기할 수만 있다면 얼마나 좋겠는가. 그냥 이렇게 말할 수 있다면 얼마나 좋겠는가. "당신의 훌륭한 의견은 제게 코커스패니얼 백 마리보다도 더 가치가 있어요." 베개에 몸을 묻고 한숨을 내쉬며 이렇게 말할 수 있다면 얼마나 좋겠는가. "저는 연약한 여자예요. 법과 정의에 대해 뭘 알겠어요. 저를 위해 당신이 결정해 주세요." 그녀는 그저 몸값 지급을 거절하기만 하면 되었고, 테일러와 그의 조직에 맞서기만 하면 되었다. 그리고 그들이 플러시를 죽인다면, 그 끔찍한 소포가 도착한다면, 거기서 플러시의 잘린 머리와 발이 나온다면, 곁을 지키던 로버트 브라우닝은 그녀가 옳은 일을 한 거라고 단언하며 존경을 표할 것이다. 그러나 배럿 양은 겁먹지 않았다. 그녀는 펜을 들어 로버트 브라우닝에게 반박하는 편지를 썼다.

시인 존 던의 시구를 인용하고, 그레고리를 예로 들어 테일러 씨에게 보낼 용기 있는 답변을 생각해 낸 것은 모두 대단했다고 언급했다. 테일러가 자기를 공격하거나 그레고리가 자신의 명예를 더럽혔다면 당연히 똑같이 되갚아 주었을 거라고 말이다! 그러나 만일 노상강도가 그녀를 납치했다면 브라우닝 씨는 어떻게 할 것인가. 그들의 수중에 억류되어 있고, 그녀의 귀를 잘라 그것을 브라우닝 씨가 있는 뉴 크로스에 우편으로 보내겠다고 위협하면 어떻게 할 것인가? 그가 어떻게 하든지 상관없이, 배럿 양의 마음은 정해졌다. 플러시는 아무런 힘이 없었다. 그녀에게는 플러시를 지킬 의무가 있었다. "아, 플러시, 나를 그토록 헌신적으로 사랑한 가여운 플러시. 도대체 테일러 씨가 저지른 죄 때문에 아무 죄 없는 그를 희생시킬 권리가 내게 있을까요?" 브라우닝 씨가 뭐라고 하든지, 그녀는 플러시를 구출할 작정이었다. 설령 플러시를 데리러 화이트채플의 소굴로 들어가는 일이 생기더라도, 그런 자신을 로버트 브라우닝이 비웃는 한이 있더라도.

그래서 토요일이 되자 브라우닝 씨의 편지를 앞에 있는 탁자에 던져두고, 배럿 양은 옷을 입기 시작했다. 그의 편지에서 "한마디만 더 하겠습니다. 나는 일반적인 남편들, 아버지들, 형제들, 그리고 권력가들의 형편없는 정책에 반대하는 데 전력을 다할 것입니다"라는 부분까지 읽

네 번째 이야기 화이트채플

었다. 그래서 만약 그녀가 화이트채플에 간다면, 로버트 브라우닝을 반대하는 것이고, 일반적인 아버지들, 형제들, 권력가들의 편에 서는 것이었다. 그럼에도 그녀는 계속 옷을 입었다. 개 한 마리가 갇혀 울부짖고 있었다. 그는 잔인한 사내들의 수중에 갇혀 무력하게 묶여 있었다. 그 울부짖음이 배럿 양에게는 "플러시를 잊지 말아요"라고 외치는 것 같았다. 그녀는 신발을 신고 망토를 걸치고 모자를 썼다. 그리고 브라우닝 씨의 편지를 한 번 더 훑어보았고 다음 구절을 읽었다. "저는 당신과 결혼할 겁니다." 개는 여전히 울부짖고 있었다. 그녀는 방을 나와 아래층으로 내려갔다.

동생 헨리와 마주쳤는데, 그는 으름장을 놓은 대로 누나가 화이트채플에 간다면 강도를 만나 살해당할 수도 있다고 말했다. 배럿 양은 윌슨에게 마차를 부르라고 했다. 벌벌 떨면서도 순종적인 윌슨은 시키는 대로 했다. 마차가 왔다. 배럿 양은 윌슨에게 타라고 했다. 죽을지 모른다고 확신하면서도, 윌슨은 탔다. 배럿 양은 마부에게 쇼디치의 매닝가로 가자고 했다. 배럿 양이 타자 마차는 출발했다. 곧 그들은 판유리 창문, 마호가니 문과 동네 울타리를 지나쳤다. 그들은 배럿 양이 결코 본 적도 없고, 생각도 해본 적도 없는 세상에 들어섰다. 그들은 온 가족이 창문 깨진 침실에서 잠들고, 바닥 아래에는 소들이 살고 있는 세상으로 들어섰다. 일주일에 두 번밖에 물이 나오지 않는 세상, 악행과 빈곤이 악행과 빈곤을 낳는 세상이었다. 그들은 어지간한 마부들은 알지도 못하는 지역에 들어섰다. 마차가 멈췄다. 마부가 선술집에 길을 물었다. 그 순간을 베럿 양은 이렇게 묘사했다. "남자 두세 명이 나와서 이렇게 말했어요. '오, 테일러 씨를 찾아 온 거로군!'" 숙녀 두 사람이 마차를 타고 이 불가사의한 세계로 찾아올 이유는 한 가지 볼일 밖에 없었다. 그 볼일은 누구나 아는 빤한 것이었다. 그것은 극도로 안 좋은 일이다. 그중 한 남자가 집으로 급히 들어갔다 나오며 말했다. "테일러 씨는 집에 없다고 했어요. 그리고 저에게 물었죠. '근데 내리지 않을 거예요?' 윌슨이 기겁하며 절대 그러지 말라고 애원했지요." 남자와 소년 패거리가 마차 주위로 몰려들었다. "그럼 테일러 부인이라도 만나 볼래요?" 남자가 물었다. 배럿 양은 테일러 부인을 만날 마음이 추호도 없었다. 하지만 집 안에서 엄청나게 비대한 여자가 나왔다. "평생 양심에 거리낄 것 없이 속 편히 살아온 듯 비대했죠." 그녀는 배럿 양에게 남편이 출타 중이라고 했다. "몇 분이 걸릴지, 몇 시간이 걸릴지 확실치 않다며, 마차에서 내려서 기다리지 않겠냐고 하더군요." 윌슨이 배럿 양의 옷을 잡아당겼다. 그 여자 집에서 기다린다고 상상해 보라! 주위에 몰려든 사내들과 소년 패거리에 둘러

싸인 채 마차에 앉아 있는 것만으로도 충분히 끔찍했다. 그래서 배럿 양은 마차에 앉은 채로 '비대한 여자 도적'과 이야기를 나누었다. 배럿 양은 테일러 씨가 자신의 개를 데리고 있으며, 개를 돌려 주겠다고 약속했다고 말했다. 그렇다면 테일러 씨가 틀림없이 바로 그날 웜폴가에 개를 되돌려 줄까? "아, 그야 물론이죠." 그 뚱뚱한 여자가 몹시도 정중한 미소를 지으며 말했다. 테일러가 출타한 것도 바로 그 일 때문일 거라고 했다. 그리고 "가장 여유롭고 우아하게 고개를 꼿꼿이 들고 좌우를 둘러 봤죠."

마차는 방향을 되돌려 쇼디치의 매닝가를 빠져 나왔다. 윌슨은 '겨우 목숨을 부지했어요.'라고 생각했다. 배럿 양도 줄곧 겁이 났다. "그곳에서는 그 패거리들이 얼마나 강력한지 알 수 있었어요. 동물 납치단인 그 '팬시' 조직이 …… 장악하고 있었어요."라고 편지에 썼다. 배럿 양은 그곳 생각이 마음속에서 떠나지 않았으며, 그때의 장면이 아직도 생생했다. 게다가 이것은 바로 웜폴가 맞은편의 실상이었다. 그곳 사람들의 얼굴과 집들. 배럿 양은 웜폴가 뒷방에 누워 지낸 5년 동안 보아 온 것보다 그 선술집 앞 마차에 앉아 있는 동안 더 많은 것들을 보았다. "그 사람들의 얼굴!" 그녀는 외쳤다. 그들의 얼굴은 그녀의 눈동자에 각인되었다. 그것들은 '신성한 대리석 존재'인 책장 위의 흉상들이 결코 자극하지 못했던 상상력을 자극했다. 그곳에도 자신과 같은 여인들이 살고 있었다. 그녀가 소파에 누워서 책을 읽고 글을 쓰는 동안 그들은 그렇게 살아가고 있었던 것이다. 이제 마차는 4층짜리 저택들 사이로 다시 굴러 갔다. 익숙한 문과 창문들이 눈에 들어왔다. 조적 벽돌, 황동 노커, 단정한 커튼들로 이어진 거리, 윔폴가, 50번지에 도착했다. 이제 살았다는 안도감에 가슴을 쓸어내리며 윌슨은 마차 밖으로 튀어 나왔다. 그러나 배럿 양은 잠시 망설이는 듯했다. 여전히 '그 사람들의 얼굴'이 눈에 아른거렸다. 그 얼굴들은 몇 년 뒤 그녀가 이탈리아의 볕 좋은 발코니에 앉아 있을 때 다시 눈앞에 떠오르게 될 것이다.[5] 그리고 영감을 불어넣어《오로라 리*Aurora Leigh*》의 가장 생생한 시구를 탄생시킨다. 하지만 지금은, 집사가 문을 열었고, 배럿 양은 위층에 있는 자기 방으로 올라갔다.

토요일은 플러시가 납치된 지 5일째 되는 날이었다. 지칠 대로 지치고, 거의 절망한 채 플러시는 혼잡한 바닥의 어두운 구석에 헐떡이며 누워 있었다. 문이 벌컥 열렸다가 쿵하고 닫혔다. 거칠게 외치는 음성이 들렸다. 여자들이 비명을 질렀다. 앵무새들은 마이다 베일의 미망인들에게 재잘거리듯 재잘거렸지만, 돌아오는 것은 사악한 노파가 퍼붓는 욕설뿐이었다. 벌레들이 털 속으로 기어 들어왔지만 기운도 없고 귀찮아서 털어 내지 않았다. 플러시의 지난 모든 삶과 그 수많은 장면들 —— 레딩, 온실, 미트포드 양, 케넌 씨, 책장, 흉상, 햇빛가리개 위에 그려진 농부들 —— 이 냄비 속에서 녹아 버리는 눈송이처럼 사라졌다. 아직 희망을 걸 수 있는 것이 있다면, 그것은 정확히 떠오르지 않는 가물가물한 그 무엇이었다. 얼굴은 흐릿하지만 이름만은 아직 생각나는 '배럿 양'이라는 사람이었다. 그녀는 아직 존재했다. 세상의 나머지 것들이 다 사라졌어도 그녀는 아직 존재했다. 그들 사이에 넘을 수 없는 장벽이 가로놓여 그녀가 플러시에게 닿는 것이 거의 불가능했지만. 어둠이 다시 내려앉기 시작했다. 마지막 희망인 배럿 양마저도 거의 지워 버릴 것 같은 지독한 어둠이었다.

사실, 윔폴가의 막강한 힘은 이 마지막 순간에도 플러시와 배럿 양을 갈라놓으려고 애쓰고 있었다. 토요일 오후가 되자, 배럿 양은 그 비대한 여인이 약속한 대로 테일러가 오기를 누워서 기다렸다. 드디어 그가 왔다. 그렇지만 개는 데려오지 않았다. 그는 전갈을 올려 보냈다. 배럿 양이 당장 6기니를 지급하면 화이트채플로 곧장 가서 '그의 명예를 걸고 약속건대' 개를 데려오겠다고 했다. '마왕' 테일러의 명예를 건 약속이 얼마나 믿을 만한 건지 알 수 없었지만 배럿 양은 '달리 방법이 없어 보였다.' 플러시의 목숨이 위태로웠으므로 그녀는 6기니를 세어 현관에 있는 테일러에게 내려 보냈다. 그러나 재수 없게도 테일러가 우산과 판화, 폭신한 카펫과 다른 값진 물건들이 있는 현관에서 기다리고 있을 때, 남동생 알프레드가 들어왔다. 마왕 테일러가 집에 있는 광경을 목격한 그는 격노했다. 그리고 불같이 화를 내며 욕을 퍼부었다. "이 사기꾼, 거짓말쟁이, 도둑놈아!" 그러자 곧바로 테일러 씨도 응수했다. 훨씬 더 끔찍하게도, 그는 "자기도 구하고 싶긴 했지만, 다시는 우리 개를 못 볼 것"이라고 악담을 퍼붓고는 집에서 뛰쳐나갔다. 그렇다면, 다음 날 아침 피로 얼룩진 소포가 도착할 것이다.

배럿 양은 다시 황급히 옷을 걸치고 아래층으로 뛰어 내려갔다. 윌슨 어디 있어? 마차를 부르라고 해. 그녀는 즉시 쇼디치로 가려 했다. 그러자 가족들이 달려와 막아섰다. 날이 저물고 있었다. 그녀는 이미 지쳤다. 쇼디치로 다시 가는 것은 건장한 남자에게도 위험한 일이었다. 그러니 식구들은 미친 짓이나 마찬가지라고 배럿 양을 말렸다. 모든 형제자매들이 나서서 배럿 양을 위협하며 만류했다. "'완전히 미쳤다'고 고집불통에 제멋대로 군다고 저에게 소리를 질러 댔지요. 테일러 씨 못지않게 제게 온갖 별칭을 붙였답니다." 그러나 그녀는 절대 물러서지 않았다. 드디어 가족들은 배럿 양이 얼마나 막무가내인지 알았다. 위험을 무릅쓰더라도 그녀 말을 들어주는 수밖에 없었다. 또 다른 남동생 셉티머스는 누나가 방에 돌아가 '편안히 기다리고 있으면' 자기가 직접 테일러를 찾아가 몸값을 지불하고 개를 데려 오겠다고 약속했다.

그리하여 9월 5일, 화이트채플에 땅거미가 지고 점차 밤의 어둠이 찾아왔다. 방문이 또다시 걷어차이며 열렸다. 털북숭이 남자가 플러시의 목덜미를 움켜잡아 구석에서 끌어내었다. 자신을 끌고 왔던 끔찍한 적의 얼굴을 올려다보며 플러시는 그가 자기를 죽이려 데려가는 건지 풀어 주려 데려가는 건지 알 수 없었다. 환영 같은 기억 하나만 제외하고는 아무래도 상관없었다. 남자가 몸을 굽혔다. 목을 더듬는 저 커다란 손가락들은 뭘까? 칼인가, 아니면 목줄인가? 제대로 앞이 보이지 않은 상태에서 여기저기 걸려 비틀거리며 플러시는 밖으로 끌려 나갔다.

윔폴가에서 배럿 양은 저녁을 한 술도 못 뜨고 기다리고 있었다. 플러시가 죽었을까, 아니면 아직 살아 있을까? 알 수 없었다. 여덟 시 정각에 문을 두드리는 소리가 났다. 평상시처럼 브라우닝 씨에게서 온 편지였다. 그러나 편지를 받으려고 문을 여니, 무엇인가가 함께 뛰어 들어왔다. 플러시였다. 그는 보라색 물그릇으로 직행했다. 물그릇을 세 번 넘게 채워 주었다. 그런데도 플러시는 여전히 목을 축이고 있었다. 배럿 양은 더러운 개가 멍하니 넋 나간 모습으로 할짝거리는 것을 지켜보았다. 배럿 양은 편지에 이렇게 언급했다. "그는 저를 보고도 제 기대만큼 열렬한 반응을 보이지 않았어요." 그랬다, 그 순간 플러시가 세상에서 유일하게 원한 것은 바로 깨끗한 물이었다.

아무튼 배럿 양이 그 빈민굴 사람들의 얼굴을 본 것은 잠시였지만, 평생 뇌리에서 지워지지 않았다. 플러시는 닷새 내내 그들 손아귀에 있었다. 쿠션 위에 다시 누워 있으려니, 실체가 있으면서도 실재하는 것이라고는 차가운 물뿐이었다. 그는 계속해서 물을 들이켰다. 침실의 오래된 우상들 ── 책장, 옷장, 흉상들 ── 은 그 실체를 잃어버린 것 같았다. 이 방은 더 이상 온 세계가 아니었다. 그저 안식처에 불과했다. 야수들이 돌아다니고 독사가 똬리를 틀고 있는 숲, 나무마다 언제라도 덮칠 기세로 살인자가 도사리고 있는 숲에서 흔들리는 소루쟁이 잎 하나로 뒤덮인 작은 골짜기일 뿐이었다. 소파 위 배럿 양의 발치에 멍하니 기진하여 누워 있는데도, 묶인 개들의 울부짖음과 두려움에 떠는 새들의 비명 소리가 귓전에서 들리는 것 같았다. 문이 열릴 때마다 칼을 든 털북숭이 사내가 들어오는 줄 알고 화들짝 놀랐다. 들어온 사람은 책을 들고 온 케년 씨거나 노란 장갑을 낀 브라우닝 씨였다. 그러나 플러시는 이제 케년 씨와 브라우닝 씨를 봐도 움찔했다. 더 이상 그들을 신뢰하지 않았다. 그 미소 뒤에는, 친절한 얼굴 뒤에는 배반과 잔인함과 거짓이 있었다. 쓰다듬는 손길은 겉치레였다. 플러시는 심지어 윌슨과 함께 우체통까지 걸어가는 것조차 두려웠다. 목줄 없이는 한 발짝도 움직이려 하지 않았다. 사람들이 "'불쌍한 플러시, 못된 남자들한테 끌려갔었니?'라고 물으면 고개를 쳐들고 낑낑거리며 컹컹 짖었"다. 채찍 휘두르는 소리만 나면 안전한 곳을 찾아 계단으로 후다닥 뛰어 내려갔다. 실내에서는 소파 위 배럿 양에게로 찰싹 더 붙었다. 배럿 양만 유일하게 자기를 버리지 않았으므로 그녀에 대한 신뢰는 아직 남아 있었다. 잊고 있었던 그녀에 대한 실체감이 서서히 되돌아왔다. 지치고, 떨리고, 더럽고, 몹시 야윈 모습으로 플러시는 소파 위 배럿 양 발치에 누워 있었다.

　며칠이 지나자 화이트채플에 대한 기억이 점차 희미해졌고 소파 위 배럿 양 가까이 누워 있던 플러시는 그 어느 때보다 그녀의 감정을 더욱 명확하게 알아차렸다. 그들은 한때 헤어졌지만, 이제는 함께 있다. 정말로 이제까지 이토록 가까웠던 적이 없었다. 그녀의 작은 움직임 하나, 움찔거림 하나도 그에게 고스란히 전해졌다. 그녀는 끊임없이 놀라 움찔대고, 계속 움직이는 사람처럼 보였다. 소포 하나만 배달되어도 깜짝깜짝 놀랐다. 그녀는 소포를 열고, 떨리는 손가락으로 두툼한 부츠 한 켤레를 꺼냈다. 그러고는 즉시 벽장 구석에 숨겨 두었다. 그러고는 마치 아무 일도 없었던 것처럼 누웠다. 무슨 일이 벌어지고 있음이 틀림없었다. 배럿 양은 플러시와 단둘이 있을 때면 침대에서 일어나 서랍에서 다이아몬드 목걸이를 꺼냈다. 그러고는 브라우닝 씨의 편지들이 들어 있는 상자를 꺼냈다. 부츠와 목걸이, 편지들을 모두 두툼한 천 상자에 넣고는, 마치 계단에서 발소리라도 들려온 듯, 상자를 침대 아래에 밀어 넣은 뒤 숄을 다시 두르고는 황급히 누웠다. 그러한 비밀과 은밀한 동작은 어떤 위기가 다가오고 있음을 예고하는 징후가 분명하다고 플러시는 느꼈다. 그들이 함께 도망치려는 참인가? 개 도둑들과 폭군들의 끔찍한 세계로부터 함께 달아나려는 건가? 아, 그렇게 할 수만 있다면! 플러시는 흥분으로 몸을 떨며 낑낑거렸다. 그러나 목소리를 낮춰 조용히 하라는 배럿 양의 명령에 즉각 입을 다물었다. 배럿 양 역시 무척 조용했다. 남동생들이나 여동생들이 들어오면 곧바로 소파에 누워 꼼짝도 하지 않았다. 그리고 아버지와도 늘 하던 대로 누운 상태로 이야기를 나누었다.

그러나 9월 12일 토요일, 배럿 양은 플러시가 이전에 한 번도 본 적이 없던 일을 감행했다. 그녀는 아침 식사 후 곧장 나갈 듯이 직접 옷을 입었다. 배럿 양이 옷을 입는 모습을 지켜보며 그녀의 얼굴 표정에서 플러시는 자기를 데려 가지 않으리라는 것을 완벽하게 알아챘다. 배럿 양은 자기만의 비밀 용무가 있었다. 열 시가 되자 월슨이 방으로 들어왔다. 월슨 또한 산책 나가는 복장을 하고 있었다. 둘은 함께 나갔고, 플러시는 소파에 누워 그들이 돌아오기를 기다렸다. 한 시간 정도 지나 배럿 양이 혼자 돌아왔다. 그녀는 플러시를 쳐다보지 않았다. 아무것도 눈에 들어오지 않는 것처럼 보였다. 장갑을 벗자 그녀의 왼손 손가락 하나에서 금반지가 반짝였다. 배럿 양은 손에서 반지를 빼더니 바로 서랍 깊숙이 숨겼다. 그런 다음 그녀는 평소대로 소파에 누웠다. 플러시는 숨죽인 채 그녀 옆에 누웠다. 무슨 일이 일어났든, 어떤 일이 벌어졌든, 그 일은 반드시 비밀로 해야만 하는 것이다.

어떤 대가를 치르더라도 침실의 삶은 틀림없이 평소대로 유지되어야 했다. 그럼에도 모든 것이 달라졌다. 햇빛가리개를 올리고 내리는 동작마저도 플러시에게는 어떤 조짐처럼 보였다. 그리고 빛과 그늘이 흉상 위로 지나칠 때 그것들 역시 무언가를 암시하거나, 신호를 보내는 것처럼 보였다. 방 안의 모든 것이 변화를 감지하고 어떤 사건을 준비하고 있는 것처럼 보였다. 그럼에도 모든 것이 고요했다. 모든 것이 비밀에 부쳐졌다. 남동생들과 여동생들은 평소대로 들락날락했다. 저녁이면 평소대로 아버지가 들어왔다. 아버지는 음식을 남기지 않았는지, 포도주도 다 마셨는지 늘 하던 대로 살폈다. 배럿 양은 평소처럼 말하고 웃었고, 방 안에 누군가와 같이 있을 때에는 무언가를 숨기고 있다는 내색을 전혀 하지 않았다. 그러나 플러시와 단둘이만 있으면 침대 아래에서 상자를 꺼내 놓고는, 문 밖에 귀를 기울이면서 서둘러 은밀하게 상자를 채웠다. 배럿 양이 긴장하고 있다는 조짐은 분명했다. 일요일이 되자 교회 종소리가 울렸다. "저 종소리는 뭐지?" 누군가 물었다. 그러자 헨리에타가 대답했다. "매릴본 교회 종소리야." 그 순간 플러시는 배럿 양이 하얗게 질리는 것을 보았다. 그러나 다른 사람들은 전혀 눈치 채지 못했다.

그렇게 월요일이 지나갔고 화요일과 수요일, 목요일이 지나갔다. 며칠 동안 줄곧 무거운 침묵이 흘렀고, 그들은 평소대로 여전히 소파에서 먹고 말하고 누워 있었다. 선잠에 뒤척이던 플러시는 배럿 양과 함께 광활한 숲속에서 양치류와 나뭇잎 아래에 누워 있는 꿈을 꾸었다. 그런데 갑자기 잎들이 찢어지는 바람에 잠에서 깼다. 방은 어두웠다. 그러나 어둠 속에서 윌슨이 살금살금 방 안으로 들어와, 침대 밑에서 상자를 꺼내더니 조용히 밖으로 들고 나가는 것이 보였다. 9월 18일 금요일 밤의 일이다. 토요일 아침 내내 플러시는 금방이라도 손수건이 떨어진다거나, 낮은 휘파람 소리가 들린다거나, 생사 여부를 가르는 신호가 떨어지리라는 것을 이미 알고 있는 것처럼 누워 있었다. 그는 배럿 양이 옷을 입는 모습을 지켜보았다. 3시 45분에 문이 열리고 윌슨이 들어왔다. 이윽고 신호가 떨어졌다. 배럿 양이 플러시를 팔에 안아 올렸다. 그녀는 일어나서 문 쪽으로 걸어갔다. 잠시 동안 그들은 방을 둘러보며 서 있었다. 소파가 있었고 그 옆에는 브라우닝 씨가 앉던 안락의자가 있었다. 흉상들과 탁자들이 있었다. 햇빛이 담쟁이덩굴 사이로 새어 들었고, 걷고 있는 농부들이 그려진 햇빛가리개가 부드럽게 살랑거렸다. 모든 것이 평소 모습 그대로였다. 모든 것이 그러한 순간은 앞으로 백만 번도 더 일어날 것처럼 보였지만, 배럿 양과 플러시에게는 이 순간이 마지막이었다. 아주 조용히 배럿 양은 문을 닫았다.

조용히 그들은 아래층으로 미끄러지듯 내려갔고, 거실, 서재, 식당을 지났다. 모든 것이 평소 모습 그대로였고, 냄새도 평소 냄새 그대로였다. 무더운 9월 오후에 낮잠에 빠져 든 것처럼 모든 것이 조용했다. 현관 깔개 위의 캐틸라인 역시 잠들어 있었다. 그들은 현관문에 이르렀고 매우 숨죽여 손잡이를 돌렸다. 마차가 밖에서 기다리고 있었다.

"호지슨으로 가 주세요." 배럿 양이 거의 속삭이듯 말했다. 플러시는 그녀의 무릎 위에 아주 얌전히 앉아 있었

다. 이 세상 그 어떤 것을 준다 해도 그는 이 엄청난 침묵
을 깨지 않을 것이다.

다

섯

번

째

이

야

기

이탈리아

몇 시간이고, 며칠이고, 몇 주고 암흑과 덜컹거림이 계속되다, 갑자기 환해졌다가, 다시 오랜 어둠 속으로 빠지며 이리저리 흔들렸다. 그러다 갑자기 빛으로 나가면 배럿 양의 얼굴이 가까이 보였고, 가느다란 나무와 선로와 철로와 군데군데 불 켜진 높은 집들이 뒤이어 눈에 들어왔다. 당시에는 여행할 때 개들을 상자에 넣어 데려가는 것이 철도의 야만스러운 관습이었기 때문이다. 그러나 플러시는 두렵지 않았다. 그들은 달아나고 있었다. 폭군들과 개 도둑들을 뒤로 한 채 떠나고 있었다. 덜커덩, 철커덩, 덜커덩, 철커덩, 그래 어디 마음껏 흔들어 보라지. 기차에 몸이 이리저리 흔들리는 동안 플러시는 중얼거렸다. 윔폴가와 화이트채플만 떠날 수 있다면 상관없어. 드디어 빛이 펼쳐지고, 덜컹거림이 멈췄다. 새들이 지저귀는 소리와 나무들이 바람에 살랑거리는 소리가 들렸다. 아니면 세차게 흐르는 물소리였던가? 드디어 털을 흔들며 마침내 눈을 뜨자 믿기지 않을 정도로 놀라운 광경이 펼쳐졌다. 세찬 물줄기가 흐르는 강물 한가운데에 있는 바위에 배럿 양이 있었다. 머리 위로는 나무들이 드리워 있었고, 강물이 주위를 감돌아 흐르고 있었다. 그녀가 위험에 빠진 게 틀림없었다. 단번에 첨벙 뛰어든 플러시는 물살을 헤치고 배럿 양이 있는 곳으로 갔다. "…… 플러시는 페트라르카의 이름으로 세례 받았다." 배럿 양은 플러시가 바위로 기어올라 자기 옆으로 오자 그렇게 표현했다. 지금 그들이 있는 곳은 한때 페트라르카가 은둔생활을 했던 보클뤼즈였기 때문이다. 그녀는 페트라르카의 샘물이라고 불리는 곳 한가운데에 있는 바위에 걸터앉아 있었던 것이다.

그 후로도 한참 더 덜커덩거리고 철커덩거렸다. 이윽고 다시 평평한 바닥에 서게 되었다. 어둠에 틈이 생기고, 빛이 쏟아져 들어왔다. 잠에서 깬 플러시는 햇빛 가득한 커다라면서도 횅한 방의 불그레한 타일 위에 서 있는 것을 알아채고는 어리둥절했다. 그는 이리저리 뛰어다니며 냄새를 맡고 만져 보았다. 카펫도 벽난로도 없었다. 소파와 안락의자, 책장, 흉상 들도 없었다. 자극적이고 낯선 냄새에 콧구멍이 간질거리고 재채기가 나왔다. 한없이 강

럴하고 선명한 빛에 눈이 부셨다. 그토록 딱딱하고 그토
록 환하고 그토록 크고 그토록 텅 빈 방 — 이것이 정말
로 방이라면 — 에 있는 것은 난생 처음이었다. 방 한가
운데에 있는 탁자 옆 의자에 앉아 있는 배럿 양은 그 어느
때보다도 작아 보였다. 곧이어 윌슨이 플러시를 문밖으로
데리고 나갔다. 플러시는 처음에는 강렬한 햇빛에, 그다
음에는 그늘에 거의 눈이 멀 지경이었다. 거리의 반쪽은
뜨겁게 타올랐다. 나머지 반쪽은 몹시 추웠다. 여인들은
모피를 두르고 다니면서도 머리에 햇빛을 가리려고 양산
을 들고 다녔다. 그리고 거리는 바싹 말라 있었다. 11월
중순이었지만 발을 젖게 하거나 털을 엉키게 할 진흙탕
이나 웅덩이도 없었다. 공터도 없었고 울타리도 없었다.
윔폴가나 옥스퍼드가를 거닐 때 그토록 정신을 빼앗는
혼란스러운 냄새도 없었다. 반면, 날카로운 석조 모퉁이
와 샛노란 담에서 풍기는 낯설면서도 새로운 냄새는 무
척이나 자극적이고 기묘했다. 그때 흔들리는 검은색 커튼
뒤에서 놀라우리만치 달콤한 냄새가 자욱이 퍼져 나왔다.
플러시는 멈춰서 음미하려고 발을 올렸고, 냄새를 따라
안으로 들어가고 싶었다. 커튼 아래로 밀고 들어갔다. 무
척이나 높다란 둥근 천장에 강렬한 빛이 퍼지는 홀이 언
뜻 눈에 띄었다. 그 순간 윌슨이 경악하며 플러시를 잽싸
게 뒤로 잡아당겼다. 둘은 다시 길을 걸어 내려갔다. 거리

의 소음에 귀청이 찢어질 것 같았다. 모두가 일시에 날카롭게 고함을 치고 있는 것 같았다. 런던 거리의 단조롭고 졸음을 부르는 웅성거림 대신 딜커덩거리는 소리, 외치는 소리, 딸랑딸랑 울리는 소리, 고함 소리, 채찍을 휘두르는 소리, 땡그랑거리는 종소리 들로 가득 했다. 플러시는 요리조리 건너뛰고 뛰어 넘었고, 윌슨도 그랬다. 그들은 수레와 수송아지, 군인 부대, 염소 무리 들을 피하려고 포장도로를 스무 차례나 들고나야 했다. 플러시는 최근 몇 년간 그 어느 때보다도 더 팔팔하고 활기가 넘치는 것 같았다. 정신이 없기는 했지만 몹시 신났다. 그는 불그레한 타일 위에 쓰러져 여태껏 윔폴가 뒷방의 베개 위에서보다도 더욱 곤히 잠들었다.

플러시는 그들이 막 정착한 피사가 런던과 구별되는 좀 더 지대한 차이점을 알아챘다. 개들이 달랐다. 런던에서는 우체통까지 다녀오는 동안에 퍼그, 리트리버, 불도그, 마스티프, 콜리, 뉴펀들랜드, 세인트버나드, 폭스테리어 혹은 스패니얼 혈통의 유명한 일곱 품종 중 하나는 반드시 마주쳤다. 마주치는 개마다 플러시는 각기 다른 이름과 각기 다른 계급을 매겼었다. 그러나 여기 피사에서는 어딜 가나 개들 천지였지만 계급은 없었다. 모두 잡종이라는 사실이 가능할까? 플러시가 볼 수 있는 한, 그들은 그냥 개였을 뿐이다. 회색 개, 누런 개, 얼룩 개, 점박이 개일 뿐이었다. 그러나 그 개들 가운데에서 스패니얼이나 콜리, 리트리버, 또는 마스티프는 단 한 마리도 없었다. 그렇다면 이탈리아는 애견협회의 관할권 밖이란 말인가? 스패니얼 협회를 모르고 있는 건가? 머리털이 텁수룩한 개에게는 사망 선고를 내리고, 둥그렇게 말린 귀를 소중히 여기며, 발은 털로 뒤덮여 있어야 하고, 이마는 뾰족하지 않고 둥그스름해야 한다고 확실히 주장하는 규범이 없는 걸까? 분명히 없었다. 플러시는 자신이 유배 중인 왕자처럼 느껴졌다. 그는 하층민 틈에서 유일한 귀족이었다. 그는 온 피사를 통틀어 유일한 순수혈통 코커스패니얼이었다.

여러 해 동안 플러시는 자신이 귀족이라고 생각하도록 배웠다. 보라색 물그릇과 목줄의 법칙이 그의 영혼 깊숙이 박혀 있었다. 그러니 그가 균형감을 잃어버리게 된 것은 별로 놀랄 일이 아니다. 움막의 원주민 사이에 데려다 놓은 하워드 가문이나 캐번디시 가문 사람이 가끔 채스워스를 회상하고 스테인드글라스 창문 너머로 불타는 석양이 내려앉을 때 붉은 카펫들과 장식물로 가득한 복도를 애석하게 생각한다고 해서 비난할 수는 없을 것이다. 플러시에게 고상한 척하는 기색이 있다는 점은 인정해야 한다. 미트포드 양은 몇 년 전에 그러한 점을 감지했다. 런던의 동등하거나 우월한 개들 틈에서 억눌려 있던

다섯 번째 이야기 이탈리아

그 정서가 이제 되살아나 플러시는 자신이 특별하다고 느끼고 있었다. 그는 거만하고 건방져졌다. 브라우닝 부인은 이렇게 썼다. "플러시는 절대군주처럼 변해, 문을 열어 달라고 할 때면 정신없이 짖어요. 저 잘난 플러시는 남편 로버트가 자기를 떠받들어 모실 사명을 타고난 걸로 생각하고 있다고 남편이 장담하는데, 정말 그 말이 일리가 있는 것 같아 보여요."

'로버트', '내 남편'이라니. 만일 플러시가 변했다면 배럿 양도 마찬가지였다. 그녀가 자신을 브라우닝 부인이라고 칭한다거나, 손에 낀 금반지를 햇빛에 비춰 보는 것만이 아니었다. 플러시 못지않게 그녀도 변했다. 플러시는 그녀가 하루에 50번도 넘게 '로버트', '내 남편'이라고 부르는 소리를 들었으며, 그의 뒷목의 털을 곤두서게 하고 가슴을 덜컥하게 만드는 반지를 자랑스럽게 늘 끼고 다녔다. 그러나 변한 것은 그녀의 말씨만이 아니었다. 그녀는 완전히 다른 사람이 되었다. 예를 들어 브랜디가 첨가되어 도수가 강한 포트와인을 홀짝거리고 두통을 호소하는 대신, 이제는 토스카나 지역의 적포도주 키안티를 큼지막한 잔으로 단숨에 들이켠 뒤 곤히 잤다. 저녁 식탁 위에는 껍질을 벗긴 시고 노란 오렌지 대신 생 오렌지가 꽂힌 가지째 놓여 있었다. 또 사륜 포장마차를 타고 리젠트파크에 가는 대신 두툼한 부츠를 신고는 바위 위로 기어올랐다. 마차를 타고 옥스퍼드가를 따라 덜컹거리며 나아가는 대신 허름한 전세 마차를 타고 호숫가를 찾아가 산을 바라보았다. 그리고 배럿 양은 노곤해져도 마차를 부르지 않고, 바위에 앉아 도마뱀들을 지켜보았다. 그녀는 햇살을 즐겼고, 추위를 즐겼다. 얼음이 얼면 공작의 숲에서 가져온 소나무 장작들을 불길에 던져 넣었다. 탁탁 소리 내며 타오르는 장작 불길을 쬐며 함께 앉아서 그 자극적이고도 향기로운 냄새를 맡았다. 그녀는 영국을 깎아 내리면서까지 이탈리아를 침이 마르도록 칭찬했다. "…… 우리 가엾은 영국인들은 즐거워하는 법을 배워야 해요. 그들은 불빛이 아니라 태양빛으로 정화될 필요가 있어요." 이곳 이탈리아에서는 자유와 삶, 태양이 불러일으키는 기쁨이 존재했다. 사람들이 싸우거나 욕하는 것을 전혀 들을 수 없었다. 또한 이탈리아 사람들이 술에 취하는 모습도 결코 보지 못했다. 쇼디치에서 보았던 '그 사람들의 얼굴'이 다시 눈앞에 아른거렸다. 그녀는 항상 피사와 런던을 비교하고는 피사가 얼마나 더 마음에 드는지 말했다. 피사의 거리에서는 예쁜 여자들이 혼자 걸어다닐 수 있었고, 귀부인들도 구정물을 비우고 난 다음에 '아주 의기양양한 자태로' 궁정으로 갔다. 온갖 종들과 잡종개, 낙타들, 소나무 숲이 있는 피사는 윔폴가와 그곳의 마호가니 문과 양고기 어깨살보다 한없이 좋았다. 그래서 브라우닝 부인은 매일 키안티를 단숨에 들이켜고 나뭇가지에서 오렌지를 하나 더 따면서 이탈리아를 찬양했고, 가엾고, 음산하고, 축축하고, 햇빛이 들지 않고, 재미없고, 값비싸고, 틀에 박힌 잉글랜드를 안타까워했다.

윌슨은 한동안 영국인 특유의 침착한 태도를 유지했다. 집사와 지하층, 현관문과 커튼에 대한 기억이 마음에서 쉽사리 지워지지 않았다. 그녀는 '외설적인 비너스에 충격을 받고' 회랑에서 걸어 나올 분별력을 아직 갖추고 있었다. 그리고 나중에, 한 친구의 호의로 대공의 영예로운 궁정을 문틈으로 엿볼 수 있게 되었을 때도, 그녀는 세인트 제임스궁의 미관이 훨씬 뛰어나다고 충직하게 옹호했다. 그녀는 이렇게 전했다. "우리 영국의 궁정과 비교하면 …… 모든 게 초라하기 짝이 없다." 그러나 그런 시선으로 궁정을 봤더라도, 대공의 근위대 중 한 사람의 뛰어난 용모에는 눈길을 빼앗겼다. 그녀의 환상에 불이 붙었다. 판단력이 휘청거렸고, 기준이 무너졌다. 릴리 윌슨은 근위병인 리기 씨를 열렬히 사랑하게 되었다.[6]

브라우닝 부인이 새로운 자유를 탐험하고 그렇게 찾아 낸 자유를 즐기듯이, 플러시 역시 탐험하며 찾아 낸 자유를 만끽하고 있었다. 그들은 1847년 봄에 피렌체로 이사했는데, 피사를 떠나기 전 플러시는 애견협회의 규범이 보편적인 것은 아니라는 기이한 진실을 처음으로 접하고는 혼란스러웠다. 그는 머리털이 약간 덥수룩한 것이 꼭 치명적인 것은 아니라는 사실을 직시했다. 그에 따라 자신의 예의범절을 바꾸었다. 처음에는 약간 망설였지만, 개들 사회에 대해 새롭게 인식하게 된 개념에 따라 행동했다. 그는 나날이 점점 더 민주적으로 바뀌고 있었다. 피사에서조차 브라우닝 부인은 '······ 플러시가 매일 외출하여 작은 개들에게 이탈리아어로 지껄인다'는 것을 알아차렸다. 이제 피렌체에서는 플러시를 묶어 왔던 오래된 족쇄의 마지막 사슬이 끊어졌다. 해방의 순간은 어느 날 피사 근처 카시나에 갔을 때 찾아왔다. '생생히 살아 날아다니는 모든 꿩들과 에메랄드빛' 풀밭 위로 질주하는 동안, 불현듯 리젠트파크와 그 푯말이 떠올랐다. 개들은 반드시 목줄로 묶으시오. 이제 '묶으시오'는 어디에 있지? 이제 목줄은 어디에 있지? 공원관리인과 곤봉은 어디에 있지? 그것들은 개 도둑들과, 애견협회와, 부패한 귀족 사회의 스패니얼 협회와 함께 사라졌다! 사륜마차와 이륜마차와 함께 사라졌다! 화이트채플과 쇼디치와 함께 사라져 버렸다! 그는 달리고, 질주했다. 털이 휘날리고, 눈이 이글거렸다. 이제 그는 온 세상과 친구가 되었다. 모든 개들과도 형제가 되었다. 이 새로운 세상에서는 목줄로 묶일 필요가 없었다. 보호를 받을 필요도 없었다. 이제 가장 친한 사이가 된 브라우닝 씨가 산책에 늦을라치면 플러시는 대담하게도 그를 불러냈다. 브라우닝 부인은 플러시가 "남편 앞에 서서 최대한 도도하게 짖어요"라고 약간 짜증스럽게 표현했다. 자신과 플러시와의 정서적 관계가 예전보다 훨씬 시들해졌기 때문이다. 그녀는 자신이 체험하지 못했던 것들을 채워 주었던 그의 붉은 털과 환한 눈이 더 이상 필요하지 않았다. 그녀는 포도밭과 올리브 나무 사이에서 스스로 목신 판을 찾아냈고, 그 새로운 판은 저녁에 소나무 장작 화롯불 옆에도 함께 있었다. 그래서 브라우닝 씨가 한가해 보이면 플러시는 나가자고 재촉하며 짖어 댔다. 그러나 브라우닝 씨가 집에 머물며 글쓰기를 더 원한다 해도, 크게 문제될 것은 없었다. 플러시는 이제 독립했다. 등나무와 나도싸리의 꽃들이 담장 위로 피어나고 있었고, 정원의 박태기나무에는 꽃이 불을 내뿜듯 흐드러졌으며, 들판에는 야생 튤립이 여기저기 피어났다. 왜 기다려야 하지? 그렇게 생각한 플러시는 혼자 뛰쳐나갔다. 이제 자기의 주인은 자신이었다. 브라우닝 부인은 이렇게 썼다. "…… 플러시는 혼자 나가서 몇 시간이고 보내요. …… 그는 피렌체의 모든 길들을 알고 있으니, 모든 면에서 제멋대로 하겠지요. 플러시가 보이지 않아도 아무 걱정 없어요." 비어가에 나갔다가 목줄로 묶는 것을 깜박하는 바람에 마차 아래서 낚아채 가려고 노리던 갱들과, 윔폴가에서 플러시를 기다리며 보낸 고통스러운 시간들을 떠올리며 그녀는 미소를 지었다. 피렌체에서는 두려움 이라는 것이 없었다. 이곳에는 개 도둑이 없었고, 휴, 다행 스럽게도, 고압적인 아버지도 없었다.

사실 솔직히 말하자면, 브라우닝 부부가 살던 카사 기디의 문이 열려 있을 때 플러시가 잽싸게 튀어 나간 목 적은, 그림을 감상하거나 어두운 교회에 잠입하여 희미한 프레스코화를 올려다보려는 것이 아니었다. 그저 즐기고 싶었고, 최근 몇 년 동안 누릴 수 없었던 어떤 것을 찾고 싶어서였다. 버크셔 들판 위로 야성을 일깨우는 비너스의 사냥 나팔 소리가 들렸을 때 플러시는 패트리지 씨의 개 와 사랑을 나누었고, 그 개는 플러시에게 새끼를 낳아 주 었다. 이제 그때와 똑같은 소리가 피렌체의 비좁은 거리 를 따라 울려 퍼지는 것을 들었지만, 최근 몇 년 동안 침 묵의 시간을 보낸 터라 더욱 긴박하고 더욱 충동적으로 다가왔다. 사람들은 절대 알 수 없는 것을 이제 플러시는 알았다. 순수한 사랑, 단순한 사랑, 온전한 사랑, 처음부터 거칠 것 없는 사랑, 부끄러움도 후회도 없는 사랑, 어느새 왔다가 훌쩍 가 버리는 사랑, 마치 꿀벌이 꽃에 취해 잠시 내려앉았다 훌쩍 떠나는 것 같은 사랑이었다. 오늘은 장 미꽃에, 내일은 백합에, 한때는 황무지에 핀 야생 엉겅퀴 에, 한때는 온실 속에 피어난 도도한 복스러운 난초에 이 끌리듯 그렇게 다양하게, 그렇게 가리지 않고, 플러시는

129   다섯 번째 이야기 이탈리아

골목을 누비며 점박이 스패니얼과 얼룩 개, 누런 개를 품
었다. 어떤 개인지는 중요하지 않았다. 플러시에게는 전
부 똑같았다. 그는 나팔 소리가 들리고 그 소리가 바람에
실려 오는 곳을 찾아 어디든 뒤쫓아 갔다. 사랑이 전부였
다. 사랑만으로 충분했다. 아무도 그의 자유분방한 일탈
을 비난하지 않았다. 플러시가 밤이 이슥해서 또는 밤을
새우고 이튿날 새벽에 돌아오면 브라우닝 씨는 "그처럼
품종이 훌륭한 개에게는 무척이나 수치스러운 일"이라며
웃어넘길 뿐이었다. 그리고 침실 바닥에 쓰러져 기디 가
문의 문장이 새겨진 인조대리석 위에 곯아떨어진 플러시
를 지켜보며 브라우닝 부인도 미소를 지었다.

　카사 기디의 방들에는 가구가 많지 않았다. 고독과
은둔의 시절에 플러시를 뒤덮고 있던 모든 물건들이 사
라졌다. 침대는 그냥 침대였고, 세면대는 세면대일 뿐이
었다. 모든 것이 물건 본연의 모습일 뿐 다른 것이 아니었
다. 응접실은 널찍했고, 장식이 새겨진 오래된 흑단나무
의자들이 몇 개 놓여 있을 뿐이었다. 벽난로 위에는 두 개
의 큐피드가 등불을 들고 있는 거울이 매달려 있었다. 브
라우닝 부인은 인도산 숄을 자기 손으로 직접 버렸다. 그
녀는 남편이 좋아하는 하늘하늘한 밝은 색 실크 모자를
썼다. 머리도 새롭게 손질했다. 해가 지고 나서 덧창을 들
어 올려지면 얇은 흰색 모슬린 옷을 걸치고 발코니를 거

닐었다. 그녀는 발코니에 앉아 거리를 바라보며 사람들을 지켜보고 귀 기울이고 바라보는 것을 좋아했다.

피렌체로 옮겨온 지 얼마 되지 않은 어느 날 밤, 그들은 거리에서 사람들의 발소리와 왁자지껄한 소리가 들려 무슨 일인지 알아보려고 발코니로 달려갔다. 아래에서는 엄청난 군중이 몰려들고 있었다. 그들은 깃발을 들고 외치며 노래하고 있었다. 창문마다 사람들이 얼굴을 내밀었고, 발코니마다 사람들로 가득했다. 창문에 있는 사람들은 거리의 사람들에게 꽃과 월계수 잎을 던졌고, 거리의 사람들 —— 진지한 남자들과 쾌활한 젊은 여자들 —— 은 서로 입을 맞추며 발코니에 있던 사람들을 향해 아기들을 들어 올렸다. 브라우닝 부부는 난간에 기대어 열심히 박수갈채를 보냈다. 깃발 행렬이 계속해서 지나갔다. 횃불이 깃발들을 비추었다. '자유'라고 쓰인 깃발이 있었고, '이탈리아 통일', '열사들을 추모하며', '교황 만세'와 '대공 레오폴도 2세 만세' 등의 깃발이 이어졌다. 깃발 행렬이 지나가고 사람들이 환성을 질렀는데, 세 시간 반 동안 브라우닝 부부는 촛불 여섯 개를 피우며 발코니에 서서 연신 손을 흔들었다. 얼마 동안은 플러시도 그들 사이에서 창문턱에 발을 올린 채 최대한 함께 기뻐했다. 그러나 자기도 모르게 하품이 나와 버렸다. 그런 플러시를 보고 브라우닝 부인은 이렇게 표현했다. "그는 행렬이 다소 긴 것 같다고 드디어 고백했어요." 플러시는 피곤함과 의구심에 사로잡혀 욕설이 나왔다. 저게 다 도대체 뭔데? 그는 스스로 반문했다. 이 대공이라는 자는 누구고, 도대체 뭘 약속했는데? 왜 저리들 터무니없이 흥분하는 거지? 깃발이 지나갈 때마다 열렬히 손을 흔드는 브라우닝 부인의 환호에 그는 다소 짜증이 났다. 대공에게 보내는 사람들의 열정이 너무 지나치다고 느꼈다. 대공이 지나갈 때에 작은 개 한 마리가 문 앞에서 멈춰 섰다는 것을 알았다. 브라우닝 부인이 여느 때보다 더 열광적이었을 때 그는 발코니에서 미끄러지듯 내려와 급히 내뺐다. 깃발과 군중을 헤치고 플러시는 그 작은 개를 따라갔다. 그 개는 피렌체 한복판으로 점점 더 깊숙이 달아났다. 사람들의 고함소리가 점점 멀어지면서 환호 소리도 잦아들어 더 이상 들리지 않았다. 횃불의 불빛도 사라졌다. 진흙 위에 있는 뼈대만 남은 낡은 광주리 안에서 플러시가 점박이 스패니얼 옆에 함께 웅크리고 누워서 본 아르노 강의 잔물결에는 별빛만 한두 개 반짝이고 있었다. 태양이 중천에 뜨도록 그들은 사랑의 황홀경에 빠져 누워 있었다. 플러시는 이튿날 아침 아홉 시가 되어서야 돌아왔는데, 브라우닝 부인은 그가 다소 얄궂게 느껴졌다. 적어도 그날이 자신의 첫 번째 결혼기념일이었음을 플러시가 기억했을 거라고 생각했다. 그러면서도 그녀는 '그가 무척이나 즐거운 시간을 보낸 것 같다'고 짐작했다. 그것은 사실이었다. 그녀가 4만 명이나 되는 사람들의 발걸음과, 대공의 약속과 깃발에 적힌 허황된 포부 속에서 뭐라 설명할 수 없는 만족감을 찾은 반면, 플러시는 문 앞에 있던 작은 개가 한없이 더 좋았다.

브라우닝 부인과 플러시가 발견을 탐색하는 여정에서 서로 다른 결과에 이르렀다는 것은 —— 그녀는 대공, 플러시는 점박이 스패니얼이었다 —— 의심의 여지가 없었다. 그럼에도 그들을 한데 묶고 있는 유대는 여전히 견고했다. 플러시는 '묶으시오'를 철폐하고 꿩들이 붉은빛과 황금빛 날개를 퍼덕이며 날아다니는 카시나 공원의 에메랄드빛 풀밭에서 자유롭게 뛰어다닌 지 얼마 되지 않아 제지당하는 느낌이 들었다. 그는 한 번 더 얌전히 앉아 있어야 했다. 처음에는 아무것도 아니었다. 단순한 암시에 불과했다. 1849년 봄 브라우닝 부인이 바느질로 분주해졌다는 것이 그 암시였다. 그런데 그 모습에는 플러시를 주저하게 만드는 무엇인가가 있었다. 그녀는 바느질에 익숙하지 않았다. 플러시는 윌슨이 침대를 옮기고 서랍을 열더니 그 안에 흰옷을 넣는 것을 주시했다. 타일 바닥에서 머리를 들어 올려, 주의 깊게 듣고 보았다. 또 무슨 일이 일어나려는 걸까? 그는 불안한 마음으로 트렁크와 짐들에서 낌새를 찾아보았다. 또 다른 도주, 또 다

다섯 번째 이야기 이탈리아

른 탈출이 일어나려는 걸까? 그런데 무엇으로부터, 어디로 향하는 탈출이지? 여기서는 두려워할 것이 전혀 없다고, 그는 브라우닝 부인에게 장담했다. 피렌체에서는 테일러 씨 같은 개 도둑을 두려워하거나, 개들의 잘린 머리를 갈색 종이 소포로 받게 될까 두려워할 필요가 없었다. 그럼에도 그는 당혹스러웠다. 가늠해 보건대, 변화의 징조는 탈출을 의미하지 않았다. 그것은 기대감을 암시하고 있었는데 이해할 수 없었다. 브라우닝 부인이 낮은 의자에 앉아 그렇게 침착하게, 그러면서도 조용하고 한결같이, 바느질하는 모습을 지켜보면서 플러시는 피할 수 없지만 두려운 무언가가 다가오고 있음을 느꼈다. 몇 주일이 흘러도 브라우닝 부인은 좀처럼 집 밖으로 나가지 않았다. 의자에 그렇게 앉아서 뭔가 엄청난 사건을 고대하고 있는 것 같았다. 그녀가 누군가, 테일러 같은 악당과 홀로 상대하여, 아무 도움도 받지 못하고 한껏 얻어터지는 것은 아닐까? 플러시는 생각만으로도 걱정이 되어 덜덜 떨었다. 분명히 그녀는 도망치려는 의지가 없었다. 짐을 싼 상자들도 없었다. 누군가 집을 떠나려는 징조도 보이지 않았다. 그보다는 오히려 누군가가 오고 있다는 조짐이 보였다. 질투와 불안에 휩싸인 플러시는 새로운 손님이 올 때마다 유심히 살폈다. 블라그덴 양, 랜도 씨, 해티 호스머, 리턴 씨 등 많은 신사 숙녀들이 카사 기디를 찾아왔다. 매일같이 브라우닝 부인은 안락의자에 앉아 조용히 바느질을 했다.

그러던 3월 초 어느 날, 거실에서 브라우닝 부인이 보이지 않았다. 다른 사람들이 들락거렸고, 브라우닝 씨와 월슨도 들락날락했다. 그들이 그렇게 정신없이 들락거리자 플러시는 소파 밑으로 숨어 버렸다. 사람들은 쿵쾅거리며 계단을 오르내렸고, 낮게 소곤거리는 소리와 익숙지 않은 숨죽인 소리로 말하며 움직이고 있었다. 그들은 위층에 있는 침실로 몰려가고 있었다. 플러시는 소파 아래 어두운 곳으로 점점 더 깊숙이 기어 들어갔다. 그는 어떤 변화가 일어나고 있다는 것을 온몸의 신경으로 알았다. 어떤 엄청난 사건이 벌어지고 있었다. 그래서 그는 몇 년 전처럼 계단에서 두건을 쓴 남자의 발걸음을 기다렸다. 당시에는 문이 열렸을 때 배럿 양이 "브라우닝 씨!"라고 외쳤다. 지금은 누가 오고 있는 걸까? 어떤 남자가 오는 걸까? 그날 하루 시간이 갈수록 그는 완전히 혼자였다. 그는 아무것도 입에 대지 않은 채 응접실에 누워 있었다. 지난 번 사랑을 나눈 그 점박이 스패니얼 천 마리가 문 앞에서 쿵쿵거렸더라도 그들을 피했을 것이다. 시간이 지날수록 밖에서 집 안으로 뭔가가 들이닥치고 있다는 압도적인 인상을 받았기 때문이다. 그는 의자의 주름 장식 밑에서 몰래 내다봤다. 등불을 들고 있는 큐피드, 흑단 서랍

다섯 번째 이야기 이탈리아

배럿 브라우닝.

장, 프랑스풍의 의자들, 모든 것이 뿔뿔이 내몰리는 것처럼 보였다. 그는 마치 보이지 않는 어떤 것에게 자리를 내주기 위해 벽으로 밀쳐지는 느낌이 들었다. 브라우닝 씨를 보았지만, 예전의 브라우닝 씨가 아니었다. 윌슨도 봤지만, 예전의 윌슨이 아니었다. 마치 그 두 사람 모두 플러시가 느끼고 있는, 보이지 않는 존재를 보고 있는 것 같았다.

마침내 지저분했지만 매우 상기된 윌슨이 의기양양하게 플러시를 팔에 안아 위층으로 데려갔다. 둘이 침실로 들어섰다. 어둑어둑한 방 안에서는 연약한 울음소리가 났고, 베개에서는 무언가가 꼼지락거리고 있었다. 그건 살아 있는 동물이었다.

거리에서 사람이 들어올 수 있는 문이 열려 있는 것도 아닌데, 세상과 동떨어져 방 안에서 혼자였던 브라우닝 부인은 두 사람이 되어 있었던 것이다. 그 불쾌한 것이 그녀 곁에서 칭얼대며 바둥거리고 있었다. 분노와 질투, 그리고 어딘가 깊은 혐오감으로 가슴이 찢어지는 것을 숨길 수 없었던 플러시는 벗어나려고 몸부림치며 아래층으로 달려갔다. 윌슨과 브라우닝 부인이 돌아오라고 불렀다. 그들은 그를 쓰다듬으며 달랬다. 먹을 것도 한 조각 내밀었지만, 소용없었다. 그는 그 불쾌한 것, 그 혐오스러운 존재를 보지 않으려고, 그림자가 드리워진 소파나 어

다섯 번째 이야기 이탈리아

두운 구석이 있는 곳이면 어디든 기어 들어갔다. "…… 꼬박 2주 동안 그는 깊은 애수에 잠겨 아낌없이 관심을 쏟았는데도 완강히 버텼어요." 그래서 브라우닝 부인은 온통 다른 데에 정신이 팔려 있을 때에도, 플러시의 행동을 알아차릴 수밖에 없었다. 사람이 느끼는 시간을 개의 관점에서 바라보았을 때, 당연히 그렇듯이, 분이 시간으로, 시간이 며칠로 늘어난다는 것을 감안다면, 플러시의 '깊은 애수'는 인간의 시간으로 계산해 보면 꼬박 6개월이었다는 결론에 이르러도 과장은 아닐 것이다. 남녀를 불문하고 많은 사람들은 6개월도 못되어 증오와 사랑을 잊어버린다.

그러나 플러시는 더 이상 교육받지 않고 훈련받지 않은 윔폴가 시절의 개가 아니었다. 그는 배운 것이 있었다. 윌슨에게 맞기도 했다. 그는 신선한 케이크를 먹을 수도 있었는데, 상한 케이크를 꿀컥 삼켜야만 했다. 그러면서 사랑하기로 맹세했고, 물지 않기로 맹세했다. 소파 밑에서 누워 있는 동안 마음속에서 이 모든 것이 요동쳤다. 그리고 드디어 나왔다. 그는 다시 보답을 받았다. 처음에 그 보답이 딱히 불쾌하지는 않았지만, 그리 대단한 것도 아니었다. 아기가 갑자기 등에 올라와, 귀를 잡아당기기라도 하면 플러시는 분주하게 뛰어다녀야 했다. 귀를 잡아당겨도 아주 얌전하게 받아들이며, 몸을 돌려 그 작고 옴

폭 들어간 맨발에 입을 맞추었을 뿐이었는데, 어찌된 일인지 3개월도 채 안 되어 제대로 움직이지도 못하는 연약하고 무력한 울보 덩어리는 브라우닝 부인의 표현을 빌리자면 '대체로 다른 사람들보다 플러시를 더 좋아하기 시작'했다. 그러자 정말 묘하게도 플러시는 자기도 아기에게 사랑을 되돌려 주고 있다는 것을 깨달았다. 그들은 뭔가 같은 것을 공유하고 있지 않은가? 아기는 여러 면에서 플러시와 약간 닮지 않았는가? 그들은 같은 견해, 같은 취향을 갖고 있지 않은가? 예를 들어, 풍경 문제에서 그랬다. 플러시에게는 모든 풍경이 거기서 거기였다. 그는 요 몇 년 내내 산을 집중하여 보는 법을 전혀 배우지 못했다. 숲으로 유명한 휴양지 발롬브로사에 갔을 당시에도 숲의 장관이 플러시에게는 지루하기만 했다. 아기가 몇 개월 지났을 때 그들은 마차를 타고 다시 긴 여행길에 올랐다. 아기는 보모 무릎에 누워 있었고, 플러시는 브라우닝 부인 무릎에 앉아 있었다. 마차는 계속해서 달리고 또 달려 아펜니노 산 정상에 힘겹게 올랐다. 그 장관을 본 브라우닝 부인은 기쁨으로 거의 정신을 잃을 지경이었다. 그녀는 창문에서 한시도 눈을 떼지 않았다. 온갖 어휘를 뒤졌지만 자신의 느낌을 표현하기에 충분한 말을 찾지 못했다. "…… 아펜니노 산맥의 빼어나면서도 거의 환상적인 절경, 놀라울 정도로 다채로운 형태와 빛깔, 변화무쌍

하고 활기찬 개성을 자랑하는 산봉우리들, 깊은 협곡에 드리운 육중한 밤나무 숲, 휘도는 급류에 깎여 침식되는 바위들, 마치 공들여 색조를 바꾸며 손수 했다는 듯 웅장한 존재감을 쌓아 올린 첩첩산중". 아펜니노 산맥은 너무 아름다워서 그 아름다움을 표현했던 말들을 계속 파괴시키면서도 그 표현들을 넘어서는 말들이 연이어 생겨났다. 그러나 아기와 플러시는 이러한 자극, 이러한 표현 부족을 전혀 느끼지 못했다. 둘 다 조용했다. 플러시는 "얼굴을 창문 안쪽으로 당기면서 경치가 볼 만한 가치가 있다고 생각지 않았어요. …… 그는 나무와 언덕, 또는 그런 종류의 것을 극도로 경멸했어요." 브라우닝 부인은 그렇게 결론지었다. 마차가 덜커덩거리며 나아갔다. 플러시는 잠이 들었고, 아기도 잠이 들었다. 그러다가는 불빛과 집, 남자와 여자들이 마차 창문으로 지나쳐 갔다. 마을로 들어선 것이다. 갑자기 플러시는 귀를 쫑긋 세우더니 "…… 눈알이 튀어나올 듯한 기세로 좌우로 두리번거리는 거예요. 이 모습은 그가 그 광경을 주목하거나 주목할 준비를 하고 있는 거라고 결론지을 수 있겠죠." 그의 마음을 뒤흔든 것은 아름다움이 아니라 인간이 자아내는 광경이었다. 아름다움이란 적어도 초록빛 혹은 보랏빛 가루로 구체화되어 어느 신성한 주입기에 의해 그의 콧구멍 뒤에 있는 말초 혈관에 내뿜어져 후각에 닿아야 하는 것 아닐까. 그러니 그것은 말이 아니라 무언의 환희로 표출되는 것이 아닐까. 브라우닝 부인이 보는 것을 플러시는 냄새로 인지했다. 그녀가 글로 표현하는 것을 플러시는 코로 킁킁거렸다.

그렇다면, 필자는 이 지점에서 잠시 멈추지 않을 수 없다. 우리 인간이 보는 것을 표현하려면 2, 3천 단어로는 부족하다. 브라우닝 부인 본인도 아펜니노 산맥에서 난감했던 것을 다음과 같이 시인하지 않았던가. "이러한 말로는 당신에게 어떤 느낌도 전할 수 없네요." 그런데 우리가 맡는 냄새를 표현하기에는 단 두 마디나 두 마디 반이면 충분하다. 인간의 후각은 사실상 존재하지 않는다. 세상에서 가장 위대한 시인들도 기껏 맡아 봐야 장미 향기 아니면 거름 냄새일 뿐이다. 극단적인 그 둘 사이에 있는 무수한 차원의 냄새들은 표현하지 못한다. 그러나 플러시가 주로 살던 세계는 냄새의 세계였다. 사랑은 주로 냄새였고, 형태와 빛깔도 냄새였다. 음악과 건축, 법률, 정치, 과학도 냄새였다. 그에게는 종교 자체도 냄새였다. 우리의 능력으로는 그가 매일 먹는 고기 토막과 비스킷에 대한 가장 단순한 경험도 묘사할 수 없다. 뛰어난 서정시인 스윈번* 씨조차도 6월의 뜨거운 오후 윔폴가의 냄새가 플러시에게 어떤 의미인지 말할 수 없었을 것이다. 장뇌에 담가 두었던 장미꽃잎 화관을 부드러운 발뒤꿈치로

•   스윈번Swinburne(1837~1909): 혁신적인 운율을 사용한 점에서 독보적이며, 빅토리아 왕조 중기의 시적 반란을 상징하는 인물로 꼽힌다.

으깬 냄새와 양초, 깃발, 향료, 월계관, 횃불이 한데 뒤섞인 냄새가 스패니얼에게 어떻게 느껴졌는지 묘사하라고 하면 셰익스피어조차도 《안토니와 클레오파트라 *Antony and Cleopatra*》를 쓰는 도중 멈췄을 것이다. 물론 셰익스피어가 그럴 일은 없었지만, 우리 인간에게는 그럴 능력이 없다는 것을 시인하지 않을 수 없다. 그렇다면 플러시 인생에서 가장 충만하고 자유롭고 행복한 요 몇 년 동안, 이탈리아는 그에게 대체로 냄새의 연속을 의미했다. 사랑은 점차 매력을 잃어가고 있다고 생각할 테지만 냄새는 남아 있다. 다시 카사 기디로 돌아온 뒤로는 모두 각자의 일로 분주했다. 브라우닝 씨는 방을 하나 차지하고 규칙적으로 글을 썼다. 브라우닝 부인도 다른 방에서 규칙적으로 글을 썼다. 아기는 아기 방에서 놀았다. 그러나 플러시는 피렌체의 거리를 배회하며 냄새가 주는 황홀감을 즐겼다. 그는 냄새에 이끌려 대로와 뒷거리, 광장과 골목을 누비고 다녔다. 시큼한 냄새, 기분 좋은 냄새, 짙은 냄새, 행복한 냄새 등 이 냄새 저 냄새를 맡으며 나아갔다. 놋쇠를 두드려 펴는 곳, 빵을 굽는 곳, 여자들이 앉아서 머리를 빗는 곳, 보도 위에 새장을 높이 쌓아 올린 곳, 포도주가 흘러 도로를 검붉게 물들이는 곳, 가죽과 마구 그리고 마늘 냄새가 나는 곳, 천이 낡아 빠진 곳, 포도나무 잎들이 흔들리는 곳, 남자들이 앉아서 술을 마시며 투덜거리고 노름을 하는 곳 등을 들락거리며 오르내렸다. 그는 늘 코를 땅에 박고 그 향내를 들이켜거나, 향기가 진동하는 허공에 대고 코를 킁킁거리며 이리저리 뛰어다녔다. 그는 햇볕으로 뜨겁게 달구어진 양달에서 잤다. 햇볕 때문에 돌에서 열기가 얼마나 피어오르던지! 그는 응달을 찾아나섰다. 그늘 때문에 돌에서는 시큼한 냄새가 얼마나 나던지! 그는 대개는 보랏빛 냄새 때문에 잘 익은 포도를 송이째 먹어 치웠고, 이탈리아 주부가 발코니에서 던진 마카로니나 염소 고기의 질긴 잔해라면 무엇이든 씹다가 뱉었다. 염소 고기와 마카로니에서는 소란스러운 냄새, 진홍색 냄새가 났다. 그는 황홀할 정도로 멋진 향을 따라 보랏빛이 복잡하게 얽혀 있는 어두운 대성당으로 들어가 코를 벌름거리며 납골당 스테인드글라스의 황금빛을 핥으려고 했다. 촉감 또한 후각 못지않게 예민했다. 그는 대리석의 매끌매끌함과, 모래와 자갈의 꺼끌꺼끌함으로 피렌체를 알아 갔다. 고색창연한 휘장 주름, 대리석 조각의 매끈한 손가락과 발들은 플러시의 떨리는 주둥이와 핥아대는 혓바닥 세례를 받았다. 그는 한없이 민감한 발바닥에 고귀한 라틴어 비문을 각인시켰다. 요컨대, 그는 어떤 인간도 알지 못한 방식으로 피렌체를 알아갔다. 예술 비평가 러스킨이나 지적 탐구심이 뛰어난 소설가 조지 엘리엇조차 알지 못했던 방식으로 말이다. 플러시는 말을 하지 못하는 벙어리만이 알 수 있는 방식으로 피렌체를 파악했다. 그의 무수한 감각들 가운데 언어로 뭉쳐진 것은 단 하나도 없었다.

필자가 플러시의 장년기 삶이 말로 다 할 수 없는 쾌락의 향연이었다고 추론해 본다면, 아기는 날마다 새로운 말을 익혀 가면서 말 너머의 감각을 잃어버리는 반면에 플러시는 향내가 가장 순수한 형태로 존재하며 만물의 적나라한 정수가 맨 신경을 자극하는 낙원에 영원히 남을 운명이었다고 주장한다면 좋겠지만, 그것은 사실이 아닐 것이다. 플러시는 전혀 그러한 낙원에 살지 않았다. 별 사이를 떠도는 존재, 즉 인간의 집들과 거기서 피어오르는 장작불의 연기라고는 눈 씻고 찾아볼 수 없는 눈 덮인 극지방이나 열대림 위로 한껏 나래를 펼치는 새 같은 존재는 모든 굴레를 벗어던지고, 그처럼 완전한 행복을 누릴 것이라는 것을 안다. 그러나 플러시는 인간의 무릎에 누워 사람의 음성을 들어 온 존재였다. 그의 몸에는 인간의 감정이 흘렀다. 그는 온갖 질투와 분노, 절망을 알았다. 여름이 되자 그는 벼룩에게 몹시 시달렸다.[7] 잔인할 정도로 아이러니하게도, 잘 익은 포도를 선사한 태양은 벼룩 또한 몰고 왔다. 그 고통을 브라우닝 부인은 이렇게 표현했다. "⋯⋯ 이곳 피렌체에서 플러시가 여름에 견뎌야 하는 고통은 화형에 처해진 순교자 사보나롤라의 고통에 못지않아요." 피렌체 주택의 온 구석구석 벼룩이 살아 뛰어다녔다. 오래된 돌의 갈라진 틈새, 낡은 태피스트리 주름, 온갖 외투와 모자, 담요 사이를 폴짝거리며 뛰어다녔다. 그들은 플러시의 털 속으로 기어 들어가 자리를 잡았다. 털 속 가장 깊숙한 곳으로 살금살금 기어들어갔다. 플러시는 몸을 긁고 털을 쥐어뜯었다. 몸 상태가 안 좋아졌다. 시무룩해지고 야위고 열에 시달렸다. 브라우닝 부인이 미트포드 양에게 호소할 지경이었다. 그곳에 벼룩에 쓸 만한 치료약이 있을까요? 브라우닝 부인은 근심스럽게 물었다. 여전히 스리마일크로스의 온실에 앉아서 비극을 쓰고 있던 미트포드 양은 펜을 내려놓고는 예전의 처방전을 찾았다. 그녀가 키우던 개들인 메이플라워와 로즈버드에게 썼던 처방전이었다. 그러나 레딩의 벼룩들은 한 번만 눌러도 죽었지만, 피렌체의 벼룩들은 혈기왕성한 데다 번식력이 좋았다. 그 벼룩들에게 미트포드 양이 보내 준 가루약은 그냥 코나 간질이는 정도였다. 체념한 브라우닝 부부는 무릎을 꿇고 앉아 물통을 옆에 끼고 비누와 솔로 해충을 씻어 내려고 전력을 기울였다. 소용없었다. 결국 어느 날 플러시를 데리고 산책하던 브라우닝 씨는 사람들이 수군거리는 것을 알아챘다. 한 남자가 손가락을 코에 대고 속삭였다. "옴이잖아." 이 무렵 '브라우닝 부인만큼이나 플러시를 좋아하게 된 로버트'가 친구와 함

께 산책을 하는데, 사람들이 친구를 그렇게 깔보는 말을
해 대니 참을 수 없었다. 브라우닝 부인은 남편이 "더 이
상 참을 수 없었다"라고 썼다. 단 하나의 치료법이 남아
있었지만 그것은 거의 피부병 못지않게 과격한 방법이었
다. 플러시가 아무리 서민적으로 바뀌어 신분을 나타내는
상징에 개의치 않았다 해도, 시인이자 학자였던 필립 시
드니가 타고난 귀족이라고 부른 스패니얼이었다. 그는 자
신의 족보를 등에 달고 있었다. 플러시에게 털은 광활한
영지를 잃고 조그만 땅뙈기만 남은 몰락한 지방 유지에
게 가문의 문장이 새겨진 금시계 같은 의미가 있었다. 브
라우닝 씨가 버리자고 제안한 것은 바로 그 털이었다. 그
는 플러시를 부르더니 '가위를 집어 들고는 사자와 흡사
할 정도로 털을 모조리 밀어 버렸다.'

　　로버트 브라우닝이 가위질을 하는 동안, 코커스패니
얼의 표장이 바닥으로 떨어지는 동안, 목둘레로 무척이나
우스꽝스러운 다른 동물의 모습이 생겨나는 동안, 플러시
는 자신이 거세되고, 한없이 작아진 것 같고, 부끄럽게 느
껴졌다. 나는 이제 누구인가? 거울을 들여다보며 생각했
다. 그러자 거울은 특유의 잔인한 솔직함으로 대답했다.
"넌 아무것도 아니야." 그는 아무것도 아니었다. 분명 이
제는 더 이상 코커스패니얼이 아니었다. 그렇게 바라보고
있으려니 홀랑 벗겨져 구불거리는 털이 없는 귀가 경련

을 일으키는 것 같았다. 그것은 마치 진실의 강력한 영혼과 비웃음이 귓속에 속삭이는 듯했다. 아무것도 아닌 존재가 된다는 것은 결국 온 세상에서 가장 만족스러운 상태가 아니던가? 그는 다시 보았다. 목덜미에 갈기가 있었다. 자신이 좀 특별하다고 주장하는 사람들의 거드름을 풍자하는 것도 그 나름대로 한 가지 경력 아니던가? 어쨌든, 벼룩에서 해방되었다는 것은 의심할 여지가 없었으므로 원하던 대로 그 문제는 해결되었다. 그는 목둘레 털을 흔들었다. 털 없는 앙상한 다리로 뛰어다녔다. 그는 활기가 솟았다. 절세가인이었던 여인이 병석에서 일어나 자신의 미모가 영원히 손상된 것을 깨닫고는 옷과 화장품을 태워 버리며 다시는 거울을 들여다볼 필요가 없고, 연인의 냉담이나 연적의 아름다움을 두려워할 필요가 없게 되었다고 생각하면 기쁘게 웃을 수도 있다. 마찬가지로 뻣뻣이 풀을 먹인 검은 사제복에 갇혀 20년을 보낸 성직자가 자신의 지위를 던져 버리고 벽장에서 볼테르의 작품들을 꺼낼 수도 있다. 그렇게 사자처럼 전신의 털이 깎인 모습으로 뛰어다녔지만, 플러시는 벼룩으로부터 해방되었다. 브라우닝 부인은 여동생에게 편지를 썼다. "플러시는 현명해." 플러시는 오직 고통을 통해서만 행복을 얻을 수 있다는 그리스 속담을 생각하고 있는 것 같았다. 털을 잃었지만 벼룩에서 해방된 플러시가 바로 진정한 철학자였다.

그러나 얼마 지나지 않아 플러시는 새롭게 얻은 철학을 시험해야 했다. 1852년 여름이 되자 카사 기디에는 다시 위기를 알리는 조짐이 나타났다. 서랍을 열어서 소리 내지 않고 조용히 물건들을 꾸리거나 상자에 끈을 매달아 두는 것은, 양치기에게 번개를 예고하는 구름만큼이나, 그리고 정치가에게 전쟁을 예고하는 풍문만큼이나 개에게는 위협적인 것이었다. 그것은 또 다른 변화, 또 다른 여행을 가리키는 것이었다. 그런데 그게 뭐지? 트렁크가 끌어내려지고 끈으로 묶였다. 아기는 보모의 팔에 안겼다. 브라우닝 부부는 여행복 차림으로 나타났다. 문 앞에는 승객용 마차가 대기하고 있었다. 플러시는 달관한 듯 현관에서 기다렸다. 그들이 준비가 되면 플러시도 준비가 된 것이었다. 모두가 마차에 타자 플러시는 그들을 따라 단번에 가볍게 뛰어올랐다. 베니스로, 로마로, 파리로, 어디로 향하고 있는 걸까? 이제 플러시에게는 모든 나라가 동등했다. 모든 사람들이 그의 형제였다. 마침내 그러한 교훈을 받아들인 것이다. 그러나 마침내 어디인지 확실히 알게 되자 플러시는 자신이 갖고 있던 모든 철학이 필요했다. 그곳은 바로 런던이었던 것이다.

보도블록이 규칙적으로 깔린 가파른 대로를 따라 집들이 좌우로 늘어서 있었다. 발바닥에 느껴지는 보도는 서늘하고 딱딱했다. 그리고 황동 노커가 달린 마호가니 문 앞에는 호사스럽게 늘어진 보라색 옷을 입은 여인이 있었다. 머리에는 꽃으로 장식한 밝은 화관을 쓰고 있었다. 하인이 허리를 굽히면서 사륜 포장마차의 승강단을 내리는 동안 그녀는 옷 주름을 가지런히 여미며 경멸하듯 거리를 위아래로 훑어보았다. 온 웰벡가 ── 그곳이 중심가에 위치한 웰벡가였으므로 ── 가 찬란한 붉은 광채 ── 이탈리아의 빛처럼 선명하고 강렬한 빛은 아니었지만 ── 에 휩싸여 있었고, 수많은 바퀴들이 내는 황갈색 먼지와 수많은 말발굽들이 내는 소리로 어수선했다. 런던은 한창 사교 시즌이었다. 소리의 장막이, 혼재된 다양한 소리들이 하나로 융합되어 굉음으로 도시를 뒤덮고 있었다. 시종이 이끄는 목줄에 묶인 위풍당당한 디어하운드가 지나갔다. 성큼성큼 돌아다니던 경찰은 황소 같은 눈을 부라리며 이리저리 살폈다. 스튜 냄새, 쇠고기 냄새, 육즙 냄새, 양배추소고기볶음 냄새가 수많은 지하층에서 올라왔다. 제복을 입은 급사가 편지 한 통을 우체통에 넣었다.

대도시의 화려함에 압도당한 플러시는 현관에 발을 올려놓은 채 잠시 멈췄다. 윌슨도 멈췄다. 이제 보니 이탈리아의 문명이, 그곳의 궁정과 혁명이, 대공과 그들의 근위병이 얼마나 하찮아 보이는지! 경찰관이 지나가자 윌슨은 결국 리기 씨와 결혼하지 않은 것을 천만다행으로 여겼다. 그런데 그때 모퉁이에 있는 선술집에서 불길한 형체가 나왔다. 한 남자가 심술궂은 눈초리로 쳐다보았다. 플러시는 단숨에 뛰어올라 잽싸게 집 안으로 도망쳤다.

몇 주 동안 플러시는 웰벡가의 여인숙 거실에 거의 감금되어 있다시피 했다. 여전히 감금이 필요한 탓이었다. 콜레라가 찾아왔고, 콜레라가 빈민굴의 상태를 개선하는 데 일조하긴 했지만, 콜레라 때문만은 아니었다. 개절도가 여전히 성행하고 있었으므로 윔폴가의 개들은 여전히 목줄에 묶여 다녀야 했기 때문이었다. 물론 플러시도 사교계에 나갔다. 그는 우체통과 선술집 바깥에서 다른 개들을 만났다. 그들은 자신들과 같은 부류인 훌륭한 혈통을 타고난 플러시의 귀환을 환영했다. 평생을 동양에서 살다 보니 토착민들의 습관이 몸에 밴 한 영국인 귀족이 — 들리는 소문으로는 그가 무슬림이 되었고, 중국인 세탁부에게서 아들을 보았다는데 — 궁정에 자리를 잡았을 때, 옛 친구들이 비록 그의 아내에 대해 언급하지 않고 가족과 함께 기도하는 것을 당연하게 받아들이긴 해도 그러한 일탈을 못 본 체 눈감아 줄 준비가 충분히 되어 있으며 채스워스에 받아 주었음을 깨닫게 되듯, 윔폴가의 포인터들과 세터들은 플러시를 자신들 무리에 어울릴 수 있게 환대하며 그의 털 상태에 대해서도 눈감아 주었다. 그러나 플러시가 보기에 런던의 개들은 일종의 병적인 상태에 있는 것처럼 보였다. 토머스 칼라일 부인의 개 네로가 꼭대기 층 창문에서 뛰어내렸다[8]는 것은 모두가 아는 일이었다. 그 개는 주인집이 있는 거리인 체인 로에서 살아가는 삶의 중압감을 견딜 수 없었다고 한다. 이제 웰벡가에 다시 돌아와 있으려니 플러시는 정말로 그 말을 제대로 이해했다. 갇혀 있기, 밤에는 바퀴벌레, 낮에는 금파리 등 지긋지긋한 작은 벌레 무리, 좀처럼 사라지지 않는 양고기 냄새, 찬장에 계속 놓아 두는 바나나들, 여러 겹을 껴입었지만 자주 씻지 않거나 제대로 씻지 않은 남녀들이 다닥다닥 붙어 있는 것까지 더해져 이 모든 것이 그의 성질을 돋우고 신경을 곤두서게 했다. 그는 여인숙의 서랍장 아래 몇 시간이고 누워 있었다. 문 밖으로 나가는 것은 불가능했다. 현관문은 항상 잠겨 있었다. 누군가 그를 목줄에 묶어 데리고 나갈 때까지 기다려야 했다.

두 건의 사건만으로 런던에서 보내던 몇 주 동안의 단조로운 생활에 변화가 생겼다. 어느 날 늦게 브라우닝 부부는 성공회 사제인 찰스 킹즐리 신부를 방문하러 파넘으로 갔다. 이탈리아, 대지는 흙먼지만 날리고 벽돌처럼 딱딱할 것이다. 벼룩도 만연할 것이다. 노곤해져서 그늘을 찾아 이리저리 다닐 테고, 도나텔로 조각상의 들어 올린 팔 하나가 드리우는 그늘에도 감지덕지할 것이다. 그러나 여기 파넘에는 녹색 풀밭이 있다. 푸른 물웅덩이도 있다. 살랑거리는 숲이 있고, 잔디가 어찌나 좋은지 밟으면 통통 튀어 올랐다. 브라우닝 가족과 킹즐리 가족은 그날 함께 보냈다. 그리고 플러시가 그들 뒤에서 총총거리며 걷고 있을 때 예전의 나팔 소리가 다시 한 번 들려왔다. 예전에 느꼈던 황홀경이 되살아났다. 그것은 산토끼였던가, 여우였던가? 그 옛날 스리마일크로스 시절 이래 달리지 않았던 플러시는 서리Surrey의 황야 위로 질주했다. 금보라 빛깔의 꿩이 단숨에 휙 날아올랐다. 꿩의 꽁지 깃털을 덥석 물려는 그 순간에 어떤 음성이 울려 퍼졌다. 채찍 소리가 났다. 바로 뒤에서 날카롭게 부른 것은 찰스 킹즐리 신부였던가? 어쨌든 그는 더 이상 달리지 않았다. 파넘의 숲은 철저히 보존되고 있었다.

며칠 후 웰벡가의 거실에 누워 있는데, 브라우닝 부인이 산책 복장으로 들어와 서랍장 아래에 있던 플러시를 불러 냈다. 그녀는 1846년 9월 이래 처음으로 플러시에게 목줄을 채워서는 윔폴가로 함께 걸어갔다. 50번지의 문 앞에 이르렀을 때, 그들은 옛날처럼 멈췄다. 그리고 옛날과 똑같이 기다렸다. 집사는 옛날과 다름없이 매우 느릿느릿 걸어 나왔다. 드디어 문이 열렸다. 저기 깔개 위에 웅크리고 누워 있는 게 캐틸라인일까? 늙고 이빨 빠진 그 개는 하품하면서 몸을 쭉 뻗고는 아무런 관심도 보이지 않았다. 예전에 그렇게 내려왔던 것처럼 그들은 위층으로 아주 조용히 몰래 올라갔다. 브라우닝 부인은 마치 방에서 보게 될 것이 두렵다는 듯이 아주 얌전하게 문을 열며, 이 방 저 방 돌아다녔다. 그렇게 방을 바라보고 있노라니 그녀는 울적한 기분에 사로잡혔다. 그 느낌을 동생에게 편지로 썼다. "…… 방들이 웬일인지 더 작고 더 어두워 보였어. 가구들도 뭔가 안 맞고 불편해 보였어." 담쟁이덩굴은 여전히 뒷방의 유리창을 두드리고 있었다. 그림 그려진 햇빛가리개는 여전히 집을 어둡게 했다. 변한 것은 아무것도 없었다. 지난 몇 해 동안 아무런 일도 일어나지 않았다. 그렇게 이 방 저 방 기웃거리며 슬픈 추억에 잠겼다. 그녀가 방들을 다 살펴보기 훨씬 전부터 플러시는 이미 극도로 불안에 시달렸다. 아버지 배럿 씨가 들어와 그들을 발견하면 어쩌지? 눈살을 찌푸리며 노려보고는 열쇠로 잠가 그들을 뒷방에 영원히 가둬 버리면 어떡하지? 마침내 브라우닝 부인은 문을 닫고 다시 아주 얌전해져서 아래층으로 내려갔다. 그녀가 말했다. 그래, 이 집은 청소가 필요해.

그 후, 플러시에게는 단 한 가지 소원밖에 없었다. 그것은 바로 런던을, 영국을 영원히 떠나는 것이었다. 자신이 해협을 횡단하는 프랑스행 증기선 갑판 위에 있다는 것을 깨닫고 나서야 기분이 좋아졌다. 그것은 거친 항해였다. 해협을 건너려면 여덟 시간이 걸렸다. 증기선이 거

153

다섯 번째 이야기 이탈리아

센 물살에 출렁이며 나아가자, 플러시 마음속에서 여러 추억들이 뒤섞여 요동쳤다. 호사스럽게 늘어진 보라색 옷을 입은 여인들, 자루를 매고 있는 허름한 매무새의 남자들, 리젠트파크, 그리고 기마 호위병들과 함께 휙 지나치는 빅토리아 여왕, 영국의 푸르른 풀밭과 쭉 이어진 보도들, 이 모든 것들이 갑판 위에 누워 있을 동안 플러시의 마음을 뚫고 지나갔다. 그런 다음 고개를 들자 난간에 기대어 있는 근엄한 표정을 한 키 큰 남자가 눈에 들어왔다.

"칼라일 씨!" 그는 브라우닝 부인이 외치는 소리를 들었다. 그러고 보니 —— 횡단은 나쁜 것이 틀림없다는 것을 기억해야 한다 —— 플러시는 극심한 뱃멀미에 시달렸다. 선원들이 양동이와 대걸레를 들고 달려왔다. "······ 플러시는 강제로 갑판에서 나가라는 명령을 받았어, 가여워라." 브라우닝 부인은 편지에 그렇게 썼다. 갑판은 여전히 영국 관할이었고, 개들은 갑판에서 멀미를 하면 안 되기 때문이었다. 그는 조국의 해안에 그렇게 마지막으로 작별을 고했다.

여섯

번째

이야기

결말

플러시는 점점 늙어갔다. 영국 여행과 거기서 되살아난 모든 추억으로 확실히 지쳤다. 피렌체의 응달이 윔폴가의 양지보다도 뜨거웠는데, 돌아오자마자 그는 양지보다는 응달을 찾아다니는 모습이 눈에 띄었다. 조각상 밑에 눕거나, 이따금씩 뿜어져 나오는 분수에서 떨어지는 물 몇 방울이라도 맞아 보려고 분수대 아래에 웅크린 상태로, 몇 시간이고 졸곤 했다. 어린 개들이 플러시 주위로 다가왔다. 그들에게 화이트채플과 윔폴가에 대한 이야기를 들려주었다. 토끼풀 냄새와 옥스퍼드가의 냄새에 대해 설명했고, 연이은 혁명 ── 대공들이 어떻게 권력을 잡았다가 사라져 버렸는지 ── 에 대해 자세히 말해 주었다. 그러나 왼쪽 골목길을 따라 내려갔던 그 점박이 스패니얼은 영원히 사라지지 않을 거라고, 그는 말했다. 그때 황급히 지나가던 난폭한 랜도 씨가 플러시를 향해 심하게 조롱하며 주먹을 휘둘렀다. 인정 많은 이사 블라그덴 양은 걸음을 멈추고는 손가방에서 달콤한 비스킷을 꺼내 주곤 했다. 시장의 시골 아낙들은 광주리 그늘에 나뭇잎을 깔아 쉴 수 있게 해 줬고 이따금씩 포도 한 송이를 던져 줬다. 피렌체에서는 온순하고 순진한 사람들과 개들 사이에서는 플러시를 모르는 이가 없었고 모두들 좋아했다.

그러나 그는 늙어가고 있었으므로, 분수대 아래에 눕는 것조차 별로 좋아하지 않게 되었다. 바닥에 깔린 자갈이 그의 늙은 뼈에는 너무 딱딱하게 배겼기 때문이다. 기디 가문의 문장이 새겨진 매끄러운 인조대리석 바닥이 있는 브라우닝 부인의 침실이나 응접실 탁자 아래 그늘에서 잤다. 런던에서 돌아온 지 얼마 안 된 어느 날, 플러시는 그곳에서 몸을 뻗은 채 깊이 곯아떨어졌다. 꿈조차 꾸지 않는 노령의 깊은 잠이 엄습했다. 정말 오늘은 평소보다 더 깊은 잠을 잤는데, 어둠이 그를 더욱 두텁게 둘러싼 것 같았기 때문이었다. 만일 그가 꿈을 꾸었다면, 햇볕도 들지 않고 사람의 음성도 들리지 않는 원시림 한가운데에서 자고 있는 꿈이었을 것이다. 그러나 가끔씩은 새가 잠결에 잠꼬대하는 소리가 들리는 꿈이나 바람에 일렁이는 나뭇가지에 앉아 있던 원숭이의 부드러운 웃음소리가 들리는 꿈에 빠져들었다.

갑자기 나뭇가지가 벌어졌다. 빛이 쏟아져 들어오고, 여기저기 눈부신 빛이 쏟아졌다. 원숭이들이 시끄럽게 떠들었다. 놀란 새들이 울며 날아올랐다. 갑자기 잠에서 깨어난 플러시는 놀라서 벌떡 일어서려 했다. 주위에서는 놀라운 소동이 일어났다. 응접실 탁자 아래에서 평상시와 다름없이 잠들 때만 해도 다리 외에는 아무것도 없었다. 그런데 이제는 부푼 치맛자락과 수많은 바지 자락에 둘러싸여 있었다. 게다가 탁자는 좌우로 격렬하게 흔들리고 있었다. 그는 어디로 튀어 나가야 할지 몰랐다. 도대체 무슨 일이 벌어지고 있는 거지? 도대체 응접실 탁자에 무슨 일이 생긴 건가? 그는 그게 다 뭐냐고 묻듯이 목소리를 높여 길게 울부짖었다.

여기서 플러시의 질문에 만족할 만한 대답을 할 수는 없다. 가장 그럴듯한 몇 가지 사실만 언급할 수 있다. 간략하게 말하자면, 19세기 초반 당시 블레싱턴 백작 부인은 어떤 마술사에게서 수정점을 치는 데 사용하던 수정 구슬을 구입했던 것 같다. 백작 부인은 '그 구슬을 어떻게 사용하는지 전혀 알 수 없었다.' 사실 그녀는 구슬 속에서 수정 말고는 아무것도 볼 수 없었다. 그러나 그녀가 죽은 후, 그 유품은 팔렸고, 그 구슬은 '더 깊은 심안으로, 또는 순수한 눈길로 바라보아,' 구슬에서 수정 말고도 다른 것들을 볼 수 있었던 사람들 손에 들어갔다. 역사가이자 정치가인 스탠호프 경이 그것을 산 장본인이었는지, '더 순수한 눈길로 바라보던' 사람이었는지 여부는 밝혀지지 않았다. 그러나 확실한 사실은 1852년 무렵 스탠호프 경은 수정 구슬을 가지고 있었으며, 특히 '태양의 정령'을 보기 위해서 그것을 들여다보았다는 것이다. 분명히 이것은 사람들과 어울리기 좋아하는 귀족이 혼자만 두고 볼 구경거리는 아니었으므로, 스탠호프 경은 오찬 모임에서 그 구슬을 보여 주거나 친구들도 태양의 정령을 보도록 초대하는 습관이 있었다. 그 구경거리를 보고 촐리 씨를 제외한 사람들은 묘하게도 즐거움을 느꼈고, 구슬은 크게 유행하게 되었다. 그리고 당연히 영국의 수정 가격은 높았는데, 다행스럽게도 런던의 한 광학기계 제조업자가 이집트인이나 마술사의 힘을 빌리지 않고도 그것을 만들 수 있는 방법을 발견했다. 그렇게 해서 1850년대 초반에 많은 사람들이 수정 구슬을 소유하였다. 그러나 스탠호프 경은 "많은 사람들이 수정 구슬을 인정할 도덕적 용기도 없이 사용하고 있다"고 개탄했다. 런던에서는 심령술이 너무 유행하자 경각심이 일어났다. 스탠리 경은 에드워드 리턴 경에게 "가능한 한 빨리 진상을 파악할 수 있도록 정부에서 진상조사위원회를 구성해야 한다"고 제안했다. 임박한 진상조사 위원회에 대한 소문에 혼령들이 겁을 먹었는지, 또는 혼령도 육체처럼 단단히 가두어 놓으면 번식하는 경향이 있는지는 알 수 없으나, 혼령이 불안한 조짐을 보이기 시작하여 엄청나게 많은 수가 달아나면서 탁자 다리에 거처를 정하게 되었다는 것은 확실하다. 진의가 무엇이었든 그 정책은 성공적이었다. 수정 구슬은 비쌌지만, 탁자는 거의 모든 사람들이 소유하고 있었다. 그래서 1852년 겨울에 이탈리아로 돌아왔을 때 브라우닝 부인은 혼령들이 자신보다 먼저 와 있었음을 알았다. 피렌체 거의 도처에서 탁자들이 혼령들에 사로잡혀 있었기 때문이다. 브라우닝 부인은 그 상황을 이렇게 썼다. "영국 공사관 직원들에서부터 영국 약제사들에 이르기까지…… 모든 곳에서 사람들이 탁자를 섬기고 있어요. 사람들이 탁자에 둘러앉는 목적은 카드 게임을 하기 위해서가 아니랍니다." 그랬다, 그것은 탁자 다리가 전하는 메시지를 판독하기 위한 것이었다. 그리하여 어느 아이의 나이에 대한 질문에, 탁자는 "똑똑하게도 스스로 다리를 두드려 표현하며, 알파벳 체계에 따라 대답"한다. 그런데 만약 탁자가 그 아이가 네 살이라고 답할 수 있다면, 그 능력의 한계는 어디까지일까? 회전 탁자를 광고하는 상점들도 있었다. 벽에는 '리보르노에서의 발견'이라는 불가사의를 광고하는 벽보가 붙어 있기도 했다. 1854년 무렵에는 그 추세가 급속도로 퍼져 나갔다. '미국에서는 40만 가구가 자신들의 이름을 들었으며, …… 실제로 혼령과의 교감을 즐겼다.' 영국에서는 에드워드 불워리턴 경이 '미국의 심령술 몇 가지'를 냅워스에 들여왔고 만족스러운 결과를 얻었다는 소식이 들려왔다. 그래서 어린아서 러셀은 아침을 먹고 있는 자기를 응시하는 '낡은 실내복을 입은 이상한 모습의 노신사'를 보았을 때 그가 스스로 안 보인다고 믿고 있던 에드워드 불워리턴 경[9]이라는 사실을 알게 되었다.

오찬 모임에서 스탠호프 경의 수정 구슬을 처음 들여다보았을 때, 브라우닝 부인은 실제로 아무것도 보지 못했다. 그것이 그 시대의 두드러진 징후라는 것만 알 수 있었다. 태양의 정령은 정말로 그녀가 곧 로마로 가리라고 말하고 있었지만, 그녀는 곧 로마로 갈 예정이 없었으므로 태양의 정령을 부인했다. "하지만 저는 그 불가사의함이 좋아요"라고 그녀는 진심으로 덧붙여 말했다. 그녀는 모험심 빼면 시체였다. 플러시를 구하기 위해 생명의 위험을 무릅쓰고 매닝가로 간 적도 있었다. 윔폴가에서 마차로 30분도 채 떨어져 있는 않은 곳에서 꿈에도 생각지 못했던 세상을 마주했었다. 그렇다면 피렌체에서도 30분만 벗어난다면 또 다른 세상, 더 좋은 세상, 더 아름다운 세상, 죽은 자들이 살아 우리에게 다가오려고 헛되이 애쓰고 있는 세상이 존재한들 어떻단 말인가. 어쨌든 그녀는 모험을 감행할 작정이었다. 그렇게 해서 그녀 역시 탁자에 앉아 있게 된 것이었다. 그리고 자신을 투명인간으로 여긴 장본인의 훌륭한 아들인 리턴 씨가 왔고, 프레더릭 테니슨 씨와 파워즈 씨, 빌라리 씨까지 모두 탁자에 둘러앉았다. 이윽고 탁자가 흔들리다가 멈추면, 그들은 앉아서 '피렌체의 보랏빛 산들이 어둠 속으로 사라지고 별들이 모습을 내미는 가운데' 차를 마시고 딸기와 크림을 먹으며, 이야기꽃을 피웠다. 그녀는 이사 블라그덴에게 이렇게 썼다. "…… 우리가 나눈 이야기들, 우리가 주장한 기적들! 오, 이곳에 모인 우리들은 혼령을 믿었답니다. 로버트만 빼고요……." 그때 새하얀 수염의 귀머거리 커컵 씨가 갑자기 큰 소리로 말했다. "영의 세계는 있어. 내세가 있다고. 이제 인정하지 않을 수 없군. 드디어 납득이 되네." 언제나 '무신론 바로 전 단계'가 신앙이었던 커컵 씨가 단순히 자신이 귀머거리였음에도 '의자에서 펄쩍 뛰어오를 만큼 세 번 두드리는 소리'가 크게 들렸다는 이유로 생각을 바꾼 것이라고 하는데, 하물며 브라우닝 부인이 어찌 탁자에서 손을 뗄 수 있었겠는가? 그에 대해 브라우닝 부인은 이렇게 썼다. "아시다시피 저는 상당히 몽상가인데다 현실 세계에서 벗어나려면 모든 문들을 처음부터 끝까지 다 두드려 보고 싶어 하잖아요." 그래서 그녀는 혼령을 믿는 사람들을 카사 기디로 불러들였다. 그곳 응접실 탁자 위에 손을 잡고 앉아 그들은 현실 세계에서

여섯 번째 이야기 결말

벗어나려고 했다.

플러시는 극도의 불안감에 시달리기 시작했다. 치맛
자락과 바지들이 여전히 그의 주위로 밀려오고 있었고,
탁자는 한쪽 다리로 서 있었다. 그러나 탁자 주위에 둘러
앉은 신사 숙녀들이 무엇을 보고 들었는지 모르지만 플
러시는 아무것도 들을 수도 볼 수도 없었다. 사실, 그 탁
자는 한쪽 다리로 서 있었는데, 어느 한쪽으로 세게 몸을
기대면 그렇게 될 수도 있는 것이다. 그는 탁자를 뒤엎었
다가 된통 혼난 적이 있었다. 그러나 지금은 브라우닝 부
인이 마치 밖에서 놀라운 무언가를 본 것처럼 커다란 눈
을 크게 뜬 채 응시하고 있었다. 플러시는 발코니로 뛰어
가 살펴보았다. 깃발과 횃불을 든 행렬과 함께 달려가는
또 다른 대공이 나타나서 그런가? 거리 모퉁이에 수박 광
주리 위에 웅크리고 있는 가난뱅이 노파 외에는 아무것
도 보이지 않았다. 그렇지만 브라우닝 부인은 무언가 본
것이 틀림없었다. 무척 놀라운 것을 본 게 틀림없었다. 옛
날 윔폴가 시절에도 그녀가 아무런 이유 없이 울다가, 휘
갈겨 쓴 것을 손에 들고는 다시 웃음을 터뜨리는 것을 본
적이 있었다. 그러나 이번에는 달랐다. 지금 그녀의 모습
에는 그를 두렵게 하는 무언가가 있었다. 방이나 탁자에,
아니면 페티코트와 바지에 그가 지독히도 싫어하는 무언
가가 있었다.

몇 주가 지나면서, 브라우닝 부인은 보이지 않는 것에 점점 심취했다. 날씨가 좋은 더운 날에도 도마뱀이 바위 사이로 미끄러지듯 기어가는 것을 지켜보는 대신 탁자에 앉아 있곤 했다. 별이 빛나는 어두운 밤이 되어도 책을 읽거나 책장을 넘기는 대신 브라우닝 씨가 외출하고 없으면 윌슨을 불렀다. 그러면 윌슨은 하품을 하면서 왔다. 그들은 그늘을 제공하는 주요 기능도 있었던 가구인 탁자에 함께 앉아 있었는데, 드디어 탁자가 바닥을 치기 시작하자 브라우닝 부인은 탁자가 윌슨에게 곧 병이 걸릴 거라고 말하는 거라고 외쳤다. 윌슨은 자기는 그저 졸릴 뿐이라고 대답했다. 그러나 잠시 후 엄격하고 꼿꼿한 영국인 윌슨은 비명을 지르더니 졸도해 버렸다. 브라우닝 부인은 '건강에 좋다는 식초'를 찾아 이리저리 뛰어다녔다. 조용한 저녁을 보내고 싶은 플러시에게는 지극히 못마땅한 상태였다. 차라리 조용히 앉아서 책이나 읽는 편이 훨씬 좋았다.

그 불안함, 어딘가 모르게 불쾌한 낌새, 탁자의 흔들림과 비명 소리와 식초는 플러시의 신경을 건드렸다. 아기인 페니니가 "플러시의 털이 자라게 해 주세요"라고 기도하는 것까지는 다 좋았다. 그것은 플러시도 이해할 수 있는 소망이었기에. 그러나 지독한 악취와 허름한 행색의 사람들, 그리고 단단해 보이는 마호가니 조각에 불과

한 탁자의 괴상한 짓거리를 요구하는 이런 형태의 기도
에는 건장하고 현명하고 잘 차려입은 주인만큼이나 플러
시도 분노했다. 그러나 어떤 냄새보다도, 어떤 괴상한 짓
거리보다도 훨씬 더 참을 수 없었던 것은 브라우닝 부인
이 사실은 아무것도 없는데 마치 멋진 무엇이 있는 것처
럼 창밖을 응시하는 얼굴에 드러난 표정이었다. 플러시
는 그녀 앞에 섰다. 그녀는 플러시가 거기에 없다는 듯 못
본 척했다. 그것은 그녀가 지금까지 그에게 보인 가장 매
정한 표정이었다. 그것은 플러시가 브라우닝 씨의 다리를
물었을 때 보였던 냉담한 분노보다도 더 안 좋았다. 리젠
트파크에서 그의 발이 문에 끼었을 때 보였던 조롱하는
웃음보다도 더 안 좋았다. 윔폴가와 그곳의 탁자들이 정
말로 그리워지기까지 했다. 윔폴가 50번지에서는 탁자들
이 한쪽 다리로 기울어진 적이 결코 없었다. 그녀의 소중
한 장식품들이 놓여 있던 둥근 테두리가 둘러진 작은 탁
자는 언제나 완벽하게 굳건히 서 있었다. 그 옛 시절에는
그가 소파 위로 뛰어오르기만 해도 배럿 양은 화들짝 잠
에서 깨어 그를 바라보았다. 플러시가 다시 한 번 소파 위
로 뛰어올랐다. 그래도 그녀는 알아차리지 못했다. 그녀
는 글을 쓰고 있었다. 플러시에게 아무런 관심도 기울이
지 않았다. 그녀는 글쓰기를 계속했다. "또한 영매의 요청
에 따라, 혼령의 손들이 탁자에 놓여 있던 화환을 집어 내

머리 위에 올려놓았어요. 그 가운데 특별해 보이는 한 손은 사람 손 중에서 가장 컸고, 눈처럼 희었으며, 무척이나 아름다웠지요. 내가 글을 쓰고 있는 이 손만큼이나 가까이 있었기 때문에 똑똑히 보았어요." 플러시는 갑자기 앞발로 그녀를 긁었다. 그녀는 그가 보이지 않는 것처럼 무시했다. 그는 소파에서 뛰어내려 아래층으로 내려가 거리로 달려갔다.

　　타는 듯 뜨거운 오후였다. 모퉁이에 있는 가난뱅이 노파는 수박 위에 잠들어 있었다. 태양이 허공에서 윙윙거리는 것 같았다. 거리의 응달로만 걸어가면서, 플러시는 시장으로 향하는 익숙한 길을 따라 걸었다. 광장 전체가 차양과 노점과 산뜻한 파라솔들로 빛났다. 시장 아낙들은 과일 광주리 옆에 앉아 있었다. 비둘기들이 푸드덕거리고, 종소리가 울려 퍼지고, 채찍 휘두르는 소리가 났다. 피렌체의 갖가지 색깔의 잡종 개들이 코를 킁킁거리고 발로 긁으며 이리저리 들락거리고 있었다. 모든 것이 벌집만큼 활발했고 화덕만큼 뜨거웠다. 플러시는 그늘을 찾았다. 그는 친구인 카테리나 옆, 그녀의 커다란 광주리 그늘 아래 풀썩 주저앉았다. 빨간 꽃과 노란 꽃이 담긴 갈색 항아리가 옆으로 그림자를 드리웠다. 그 위로 오른팔을 쭉 내밀고 있는 조각상 덕분에 그늘은 보랏빛으로 더 짙어졌다. 플러시는 서늘한 그곳에 누워서 어린 개들이 각자의 관심사로 분주한 것을 지켜보고 있었다. 그들은 으르렁거리고 물어뜯고 몸을 크게 뻗었다가 뒹구는 등 청춘의 환희를 만끽하고 있었다. 플러시가 한때 골목길에서 점박이 스패니얼을 쫓아다녔듯이 그들은 서로 쫓고 쫓아다니며 이리저리 배회하고 있었다. 그의 생각이 잠시 레딩으로까지 이어졌다. 그의 첫사랑 패트리지 씨의 스패니얼에게로, 황홀과 순수로 가득 찼던 청춘으로. 그래, 그에게도 좋은 때가 있었다. 그는 그들의 젊음을 시샘하지 않았다. 세상이 살기 좋은 곳이라는 것은 이미 깨달았다. 이제는 세상과 싸우지 않았다. 시장 아낙이 귀 뒤를 긁어 줬다. 그녀는 플러시가 종종 포도를 훔치거나 다른 가벼운 비행을 저질렀을 때 살짝 때린 적도 있었는데, 이제 플러시도 늙었고 그녀도 늙었다. 플러시는 그녀의 수박을 지켜 주었고 그녀는 플러시의 귀를 긁어 주었다. 그렇게 그녀는 살뜰하게 쓰다듬어 주었고 그는 꾸벅꾸벅 졸았다. 속이 잘 익었음을 보여 주려고 잘라 놓은 커다란 분홍색 수박 위로 파리들이 꼬였다.

백합 잎사귀 사이로, 녹색과 흰색의 파라솔 사이로 태양이 기분 좋게 내리쬐고 있었다. 대리석 입상이 햇빛을 받아 선명한 샴페인 색을 띠었다. 플러시는 누워서 털 사이의 살갗에 햇살을 쪼였다. 한 쪽이 충분히 쪼이면 몸을 뒤집어 다른 쪽도 쪼였다. 시장 사람들은 계속하여 떠들며 값을 흥정했다. 여인들이 지나가고 있었다. 그들은 가던 길을 멈추고 야채와 과일들을 만지작거렸다. 플러시가 무척이나 듣기 좋아하는 사람들의 두런거림과 웅성거림이 끊임없이 이어졌다. 잠시 후, 그는 백합 그늘 아래에서 깜빡 잠이 들었다. 그는 꿈을 꾸는 개처럼 잤다. 다리가 씰룩거렸다. 스페인에서 토끼를 사냥하는 꿈을 꾸고 있는 걸까? 토끼들이 덤불에서 쏜살같이 튀어 나오자, "스팬! 스팬!"이라고 외치는 거무스름한 남자들과 함께 뜨거운 산비탈을 뛰어오르고 있는 걸까? 잠시 후 그는 다시 얌전해졌다. 그러면서도 재빠르면서도 부드럽게, 여러 번 연달아 컹컹 짖었다. 어쩌면 레딩에서 미트포드 씨가 자신의 그레이하운드에게 사냥감을 쫓으라고 부추기는 소리를 들은 건지도 모른다. 그러더니 그의 꼬리가 주뼛주뼛 흔들렸다. 미트포드 양이 "이놈! 그러면 안 돼!"라고 외치는 소리를 듣고는, 그녀가 우산을 흔들며 서 있는 순무 밭 사이로 슬금슬금 되돌아가는 걸까? 잠시 뒤 그는 행복한 노령의 단잠에 빠져 한동안 코를 골며 누워 있었다. 별안간 몸의 모든 근육이 씰룩거렸다. 그는 퍼뜩 놀라 깨어났다. 지금 여기가 어디지? 화이트채플에서 악당들 틈에 있는 건가? 누가 다시 목에 칼을 겨누고 있는 걸까?

그것이 무엇이었든, 그는 공포 상태에서 꿈에서 깨어났다. 그는 마치 피난처를 찾듯, 안전한 곳을 찾아 도망치

듯 황급히 달아났다. 시장 아낙들은 웃음을 터뜨렸고 상한 포도를 던지며 플러시를 불러 댔다. 플러시는 무시했다. 거리 사이로 달려가다가 그는 자칫 수레바퀴에 부딪힐 뻔했다. 서서 마차를 몰던 사내들이 욕을 퍼부으며 채찍으로 내리쳤다. 조약돌을 던지던 반 벌거숭이 아이들은 잽싸게 도망치는 플러시를 향해 "미친 개! 미친 개!"라고 소리쳤다. 문간으로 달려 나온 엄마들은 놀라서 아이들을 잡아끌었다. 당시 플러시가 정말 미쳤던 걸까? 태양 때문에 머리가 이상해졌던 걸까? 아니면 비너스의 사냥 나팔 소리를 다시 한 번 들었던 걸까? 아니면 미국인들의 심령술 중 혼령 하나에게, 탁자 다리에 사는 혼령 하나에게 드디어 홀린 것이었을까? 그게 무엇이든, 그는 카사 기디의 문에 이를 때까지 지름길로 곧장 달려갔다. 그리고 곧바로 위층으로 올라가 응접실로 직행했다.

브라우닝 부인은 소파에 누워서 독서를 하고 있었다. 플러시가 들어오자 그녀는 깜짝 놀라 쳐다보았다. 그것은 혼령이 아니었다. 진짜 플러시였다. 그녀는 웃었다. 이윽고 플러시가 소파에 뛰어올라 그녀 얼굴에 자신의 얼굴을 내밀자, 그녀는 예전에 썼던 시 구절이 떠올랐다.

이 개가 보이나요. 어제만 해도
꼬리를 무는 사념에 하염없이 눈물이 흘러내릴 때까지,

생각에 잠겨 여기 그가 있다는 것을 잊었지요.

눈물진 뺨으로 베개에 누우면

파우누스처럼 털북숭이 머리를

내 얼굴에 불쑥 내밀고는, 황금빛 맑은 두 눈은,

나의 두 눈을 깜짝 놀라게 하고, 늘어진 귀는

내 양쪽 뺨의 눈물을 닦아 주려 쓰다듬네요!

처음엔 놀랐지요, 해질녘 숲속에서 염소처럼 생긴 신을 보고

놀란 아르카디아인들처럼.

그러나 수염 가득한 그의 모습 가까워질수록

내 눈물 사라지고, 플러시인 줄 알고는,

놀라움과 슬픔을 딛고 진정한 판에 대한 감사가 솟아났지요.

미천한 피조물에서 최고의 사랑에 이른.

몇 년 전 어느 날 그녀가 윔폴가에서 매우 불행했을 때 썼던 시였다. 세월이 흘렀고, 이제 그녀는 행복했다. 그녀도 점점 나이 들고 있었고 플러시도 그랬다. 그녀는 잠시 동안 플러시 위로 몸을 굽혔다. 크게 벌어진 입과 커다란 두 눈과 굵은 곱슬머리가 있는 그녀의 얼굴은 기묘하게도 플러시와 닮았다. 두 몸으로 나뉘었지만 같은 틀에서 빚어진 그들은 상대의 부족한 부분을 완전히 채워 주었을 것이다. 그러나 그녀는 여자였고, 그는 개였다. 브라우닝 부인은 독서를 계속했다. 그런 다음 그녀는 다시 플

171

러시를 보았다. 그러나 플러시는 그녀를 보지 않았다. 예사롭지 않은 변화가 그에게 엄습했다. "플러시!" 하고 그녀가 울부짖었다. 그러나 반응이 없었다. 플러시는 좀 전까지 살아 있었지만, 이제 죽었다.[10] 그게 전부였다. 응접실의 탁자는, 기묘하리만치, 미동도 없었다.

출처

이 전기는 출처가 거의 없음을 시인하지 않을 수 없다. 그러나 사실을 확인하거나 이 전기의 대상을 좀 더 깊이 알고 싶은 독자는 다음의 책들을 참고하기 바란다.

엘리자베스 배럿 브라우닝의 시집《플러시, 나의 개에게 *To Flush, My Dog*》,《플러시, 또는 파우누스 *Flush, or Faunus*》.
《로버트 브라우닝과 엘리자베스 배럿 브라우닝의 편지 *The Letters of Robert Browning and Elizabeth Barrett Browning*》, 전 2권.
《엘리자베스 배럿 브라우닝의 편지 *The Letters of Elizabeth Barrett Browning*》, 프레더릭 케넌 편집 전 2권.
《엘리자베스 배럿 브라우닝이 리처드 헹기스트 혼에게 보낸 편지 *The Letters of Elizabeth Barrett Browning addressed to Richard Hengist Horne*》, S. R. 타운센드 메이어 편집 전 2권.
《엘리자베스 배럿 브라우닝: 자매들에게 보낸 편지들 1846~1859 *Elizabeth Barrett Browning: letters to her sister 1846~1859*》, 레너드 헉슬리 LL. D. 편집.
《엘리자베스 배럿 브라우닝의 편지들 *Elizabeth Barrett Browning in her Letters*》, 퍼시 러복.

플러시에 대한 언급은《메리 러셀 미트포드의 편지들 *Letters of Mary Russell Mitford*》, 촐리 편집 전 2권 참조.
런던 빈민굴에 대한 설명은《루커리, 런던의 루커리 *Rookeries, The Rookeries of London*》, 토마스 빔즈, 1850 참조.

1 무늬가 그려진 천

배럿 양은 "나는 열린 창문에 투명한 햇빛가리개를 달아 놓았다"며 이어서 이렇게 말했다. "아빠는 과자점의 뒤 창문과 흡사하다며 나에게 심하게 말했지만, 햇빛이 그림 안의 성을 밝게 비출 때면 굉장히 감동받았다." 성과 다른 것들이 얇은 금속 재질 위에 그려진 것이라고 주장하는 이들이 있는가 하면, 화려한 자수가 수놓인 모슬린 햇빛가리개였다고 주장하는 이들도 있다. 어떤 주장이 맞는지 확인할 확실한 방법은 없는 것 같다.

2 케년 씨는 앞니 두 개가 없었기 때문에 말할 때 약간 웅얼거렸다.

이 말에는 과장과 추측의 요소가 있다. 이 말의 출처는 미트포드 양이다. 그녀는 혼 씨와의 대화에서 다음과 같이 말한 것으로 전해진다. "우리의 소중한 친구는, 당신도 알다시피, 집안 식구들과 다른 사람 한두 명 외에는 아무도 못 보잖아요. 그녀는 고상한 취향은 물론 읽기 기술과 ○○씨에 대해서도 뛰어난 견해를 가지고 있어요. 그래서 그에게 자신의 새로운 시를 소리 내어 읽어 달라 했어요. …… 그래서 ○○씨가 난로 앞 깔개 위에 서서 원고를 들어 올려 목소리를 높이면, 우리의 소중한 친구는 인도산 숄을 두르고 소파에 누워 치렁치렁한 검은 머리카락을 늘어뜨리고 고개를 숙인 채 주의 깊게 귀 기울이죠. 그런데, 친애하는 ○○씨는 앞니가 빠지고 없답니다. 한가운데 앞니가 아니라 옆쪽 앞니죠. 그래서 아시다시피 이런 이유로 발음이 온전치 않답니다. …… 정감 있지만 분명하지 않고, 음절들이 부드럽게 서로 맞물려 silence와 ilence가 정말 매우 비슷하게 들린답니다……." 여기서 언급한 ○○씨가 케넌 씨라는 데에는 거의 의심의 여지가 없다. 빅토리아 시대 사람들 특유의 배려심 때문에 치아와 관련하여 공란으로 표시한 것이다. 그러나 여기에는 영국 문학에 영향을 미치는 더 중요한 문제들이 관련되어 있다. 배럿 양은 청력에 문제가 있었다고 오랫동안 생각되어 왔다. 그런데 미트포드 양은 그보다는 오히려 케넌 씨의 치아에 문제가 있다고 주장한다. 반면에, 배럿 양은 자신의 시 운율이 케넌 씨의 치아나 자신의 청력과는 아무런 관련이 없다고 주장한다. 그녀는 "나는 완벽한 정확성으로 운율에 따르기보다는 운율의 대상을 정확히 정하고 느슨하게 운율을 맞추는 약간의 모험적 실험을 강행하는 데 훨씬 더 주의를 기울였다"고 썼다. 이런 이유로 그녀는 'angels'를 'candles'와, 'heaven'을 'unbelieving'과, 'islands'를 'silence'와 운율을 맞추었는데, 그녀 말대로 느슨하게 운율을 맞추었다. 정확한 결정을 내리는 것은 물론 학자들의 소관이지만, 브라우닝 부인(배럿 양)의 성격과 행동을 연구한 사람이라면 그녀가 예술에 있어서나 사랑에 있어서 기꺼이 규칙을 깨뜨리는 사람이므로, 근대시가 발전하는 데 어느 정도 일조했다고 생각할 것이다.

3 노란 장갑

오르 부인이 쓴《로버트 브라우닝의 삶*Life of Browning*》에 보면 그는 레몬 색 장갑을 꼈다고 기록되어 있다. 1835~1836년에 그를 만난 브리델 폭스 부인은 이렇게 언급했다. "당시 그는 호리호리하고 가무잡잡하고 무척 잘생겼어요. 그리고 레몬 색 가죽 장갑 같은 것들에 탐닉하는, 이를테면 약간 멋쟁이였다고나 할까요."

4 플러시는 도둑맞았다.

사실 플러시는 세 번이나 도둑맞았다. 그러나 전체 구성상 세 번의 절도를 한 번으로 압축할 필요가 있는 것 같다. 배럿 양이 개 도둑들에게 지급한 총액은 20파운드였다.

**5 그 얼굴들은 몇 년 뒤 그녀가 이탈리아의 볕 좋은 발코니
에 앉아 있을 때 다시 눈앞에 떠오르게 될 것이다.**

《오로라 리》의 독자들 —— 그런 사람들은 사실 존재하
지 않기 때문에 이 부분은 설명이 필요할 것 같다. 브라우
닝 부인은 이 이름으로 시를 썼는데, 이 시에서 가장 생생
한 구절 중 하나는 (사륜마차에서 윌슨이 치마를 잡아당기는 상황
에서 그 인물을 단 한 번만 본 작가로서는 당연히 왜곡한 부분이 있기는
하지만) 바로 런던의 빈민가에 대한 묘사다. 분명히 브라우
닝 부인은 인간 삶에 호기심이 많았는데, 그것은 침실 세
면대 위에 있던 호머와 초서의 흉상으로는 절대 충족될
수 없었다.

6 릴리 윌슨은 근위병인 리기 씨를 열렬히 사랑하게 되었다.

릴리 윌슨의 삶은 알려진 것이 거의 없어 필자의 활약
이 크게 요구된다. 브라우닝의 편지에서 주요 당사자들을
제외하면 릴리만큼 호기심을 불러일으켰다가 사그라지
는 인물은 없다. 그녀의 세례명은 릴리Lily였고, 성은 윌슨
Wilson이었다. 이것이 그녀의 출생과 성장에 대해 알 수
있는 전부다. 그녀가 호프엔드 인근에 사는 농부의 딸이
었든, 그리고 예의 바른 품행과 앞치마의 청결한 상태 덕
분에 배럿가 요리사의 호감을 얻게 된 것이든, 어쨌든 그
렇게 저택에 심부름을 오게 되었는데, 그것을 구실로 배

럿 부인은 그녀를 방으로 불러들여, 딸 엘리자베스 배럿의 하녀로 쓰면 딱 좋겠다고 생각했을 수도 있다. 아니면 윌슨은 런던 토박이일 수도 있고 스코틀랜드 출신일 수도 있다. 어느 것이 정확하다고 말하기는 어렵다. 어쨌든 그녀는 1846년에 배럿 양의 시중을 들었다. 그녀는 연봉 16파운드를 받는 '제법 비싼 하녀'였다. 그녀는 플러시만큼 거의 말이 없었으므로, 성격이 어떠한지는 거의 알려진 바가 없다. 그리고 배럿 양이 윌슨에 대한 시를 전혀 쓰지 않았기 때문에, 외모가 어떠했는지에 대해서도 플러시보다도 덜 알려져 있다. 그러나 편지에 언급되어 있는 것을 보면, 그녀가 처음에는 당시 대영제국의 하층계급이었던 영국인 하녀들 중에서도 점잖고 거의 냉담할 정도로 예의 바른 하녀였음이 확실하다. 분명히 윌슨은 권한과 격식에 엄격한 사람이었다. 윌슨은 의심의 여지없이 '그 방을 숭배'했다. 그리고 서열이 높은 하인과 낮은 하인은 따로 식사를 해야 한다고 가장 먼저 주장하고도 남았을 것이다. 이 모든 것은 그녀가 손으로 플러시를 때렸을 때 "맞을 짓을 했기 때문"이라고 언급한 말 속에 내포되어 있다. 관습을 이렇게 존중하다 보니 그것을 조금이라도 어기는 것을 극도로 싫어한다는 것은 말할 필요도 없다. 그래서 윌슨은 매닝가에서 더 하층 계급 사람들과 마주쳤을 때 배럿 양보다 훨씬 더 두려웠고, 개 도둑들이 살인자들이라고 배럿 양보다 훨씬 강하게 확신했을 것이다. 동시에 그녀가 두려움을 극복하고 배럿 양과 함께 마차를 타고 가는 용감한 면은 그녀에게 여주인에 대한 충성이라는 또 다른 관습이 얼마나 깊이 뿌리 박혀 있는지 보여 준다. 배럿 양이 가는 곳이면 윌슨 역시 가야만 한다. 이 원칙은 배럿 양이 사랑의 도피를 감행한 당시, 그녀를 따라나선 그녀의 행위로 당당히 입증되었다. 배럿 양은 윌슨의 용기에 의구심을 품었다. 그러나 그녀의 의구심은 보기 좋게 빗나갔다. 배럿 양으로서 결혼 전 브라우닝 씨에게 마지막으로 쓴 편지에서 이렇게 표현했다. "윌슨은 저를 늘 완벽하게 대했어요. 그리고 저는 …… 그녀의 소심한 성격이 걱정되어 그녀를 '새가슴'이라 부르지요! 하지만 제대로 일깨우기만 한다면, 소심한 사람만큼 대담한 사람은 없다는 생각이 들기 시작했어요." 덧붙이자면, 극도로 불안정한 하녀의 삶에 대해 잠시 설명이 필요할 것 같다. 만약 윌슨이 배럿 양을 따라나서지 않았더라면, 배럿 양도 알고 있듯이, 아마도 그녀가 받는 연봉 16파운드 중에서 저축해 둔 단 몇 실링만 지닌 채 '해가 지기 전에 길거리로 나앉았을 것'이다. 그랬다면 그녀의 운명은 어떻게 되었을까? 영국 소설은 1840년대 귀부인의 하녀들 삶을 거의 다루지 않았을뿐더러, 전기문은 그렇게 신분이 낮은 인물들을 조명하지는 않았으므로 그

질문에 대한 답은 알 수 없다. 그러나 윌슨은 그 모험에 뛰어들었다. 그녀는 배럿 양과 함께 세계 어느 곳에나 가겠다고 선언했다. 윌슨은 자신에게 모든 문명, 모든 올바른 사고, 남부럽지 않은 생활을 의미했던 지하층, 방, 윔폴 가가 전부였던 세계를 떠나 거친 방종과 무신앙이 판치는 이국땅으로 갔다. 이탈리아에서 윌슨이 영국인으로서의 체면치레와 타고난 열정 사이에서 느끼는 갈등을 관찰하는 것만큼 흥미로운 것은 없다. 그녀는 이탈리아의 궁전을 조롱했고, 이탈리아인들의 그림에 충격을 받았다. 그러나 비록 '외설적인 비너스에 충격을 받았지만,' 기특하게도 윌슨은 여자들이 옷을 벗으면 알몸이 된다는 사실을 숙고한 것으로 보인다. 나조차도 매일 2, 3초 동안은 알몸이 되잖아, 라고 생각했을 것이다. 그래서 '그녀는 다시 시도한다면, 어쩌면 골치 아픈 고상함이 가라앉을지, 혹시 알아? 이렇게 생각한다.' 그리고 그런 고상함이 급격히 가라앉았다는 것은 명백하다. 그녀는 조만간 이탈리아를 인정했을 뿐 아니라, 대공의 근위병들 —— '모두가 매우 훌륭하고 품행이 바른 남자들이고, 개중에는 키가 1미터 80센티미터가 넘는 사람도 있다' —— 중 한 사람인 리기 씨를 사랑하게 되었다. 윌슨은 약혼반지를 끼고 있었고, 런던의 한 구혼자를 퇴짜 놓았다. 그리고 이탈리아어를 배우고 있었다. 그러다 다시 먹구름이 몰려왔다. 먹구름이 걷히고 나자 윌슨이 버림받았다는 것이 드러났다. '충실하지 못한 리기가 윌슨과의 약혼을 파혼'해 버린 것이다. 원인 제공자는 프라토에 있는 잡화상인 그의 형이라고 할 수 있다. 리기가 대공의 근위병을 그만두었을 때 그는 형의 조언에 따라 프라토에서 잡화점 소매상이 되었다. 새로운 직업 때문에 잡화에 대한 지식을 갖춘 아내가 필요했는지, 프라토에 있는 처녀들 중 한 명이 그런 아내로 적임자였는지 여부는 알 수 없지만 그의 편지가 뜸해진 것은 확실하다. 그러나 1850년에 매우 훌륭하고 품행이 바르다던 이 사내가 저지른 어떤 행위에 브라우닝 부인은 다음과 같이 외치고 말았다. "(윌슨은) 그 일을 완전히 극복했는데, 그녀의 분별과 곧은 성품 덕분이죠. 그런 남자를 어떻게 계속 사랑할 수 있겠어요?" 리기가 무슨 연유로 그토록 단기간에 '그런 남자'로 전락한 것인지는 알 수 없다. 리기에게 버림받은 윌슨은 점점 더 브라우닝 가족을 사랑하게 되었다. 그녀는 하녀로서의 의무를 수행했을 뿐만 아니라 반죽 케이크를 만들고, 옷도 지었고, 아기인 페니니에게는 헌신적인 보모가 되었다. 그래서 조만간 아기는 그녀를 응당 소속되어 마땅한 가족의 일원으로 격상시켰으며, 릴리 외에 다른 무엇으로 부르기를 거부했다. 1855년 윌슨은 브라우닝 가족의 하인인 '착하고 다정한 남자' 로마뇰리와 결혼했다. 그리고 한동안 두 사

원주

람은 브라우닝 가족의 집안일을 돌봤다. 그러나 1859년 로버트 브라우닝은 '랜도의 후견인 직을 받아들였는데,' 랜도의 버릇이 까다로워서 매우 조심스럽고 책임감이 막중한 일이었다. 브라우닝 부인이 표현했듯 "랜도는 자제심이라고는 티끌만큼도 없었고, 의심은 모래알처럼 많았다." 이러한 상황에서 윌슨은 '그의 식료품 남긴 것과 별도로' 연봉 22파운드를 받기로 하고 '그의 가정부'로 임명되었다. '늙은 사자'의 가정부노릇 하기가 쉽지 않았으므로 나중에 그녀의 봉급은 30파운드로 늘어났다. '호랑이처럼 충동적이어서' 저녁 식사가 마음에 들지 않으면 창문 밖으로 접시를 던져 버리거나 바닥에 내동댕이치고, 하인들이 서랍을 열어 본다고 의심하는 랜도의 가정부노릇을 하는 것은 브라우닝 부인의 말대로라면 "나 아니라 누구라도 절대 마주치고 싶지 않은 위험을 수반하는 일이었다." 그러나 배럿 씨와 그 같은 부류의 인물들을 익히 알고 있던 윌슨에게 접시 몇 개가 창문 밖으로 날아가거나 바닥에 내동댕이쳐지는 것쯤은 별로 중요한 문제가 아니었다. 그러한 위험은 아주 다반사로 일어나는 일이었다.

아직 우리에게 보이는 듯한 그날은, 확실히 이상한 날이었다. 약간 외딴 영국인 마을에서 시작되었든 그렇지 않든, 그날은 베니스에 있는 팔라초 레초니코에서 끝났다. 미망인이 된 윌슨은 적어도 1897년까지 그곳에서 살고 있었다. 그곳은 그녀가 보살피고 사랑한 어린 아기였던 배럿 브라우닝의 집이었다. 이제 할머니가 된 그녀는 베네치아의 붉게 물드는 노을 속에 앉아 꿈꾸며 정말 이상한 하루였다고 생각했을지도 모른다. 농장의 일꾼들과 결혼한 친구들은 여전히 맥주 한 잔을 가지러 영국 마을의 좁은 길을 휘청거리며 올라갔다. 그리고 그녀는 배럿 양과 이탈리아로 달아났다. 그녀는 혁명, 근위병, 심령술, 랜도 씨가 접시를 창문 밖으로 내던지는 것 등등 온갖 종류의 괴상한 일들을 보았다. 그러다 브라우닝 부인이 죽었다. 그날 저녁 팔라초 레초니코의 창문에 앉아 있는 동안 늙은 윌슨의 머릿속은 생각으로 꽉 들어찼다. 그러나 그 생각들이 어떠한 것이었는지 짐작할 수 있는 척하는 것만큼 헛된 일은 없을 것이다. 헤아릴 수 없고, 거의 말이 없으며, 거의 눈에 띄지 않는 옛 하녀들 부류 중에서도 윌슨은 가장 전형적인 인물이었기 때문이다. "윌슨보다 더 정직하고 진실하며 따뜻한 마음을 가진 사람은 찾아볼 수 없을 것이다." 여주인의 말은 그녀의 묘비명에 새길 만하다.

7 그는 벼룩에게 몹시 시달렸다.

19세기 중반 이탈리아는 벼룩으로 유명했던 것으로 보인다. 실제로 벼룩은 다른 방식으로는 극복할 수 없는 관습을 무너뜨리는 데 일조했다. 예를 들면, 나다니엘 호손이 1858년 로마에서 브레머 양과 차를 마시러 갔을 때, "우리는 벼룩에 대해 말했다. 로마에서는 모든 사람들의 골칫거리가 되고 마음에 사무치는 벼룩들이 너무 흔하고 불가피한 것이어서 그들이 가하는 고통에 대해서 넌지시 말할 필요가 전혀 없을 정도다. 가여운 작은 브레머 양은 우리의 차를 내 올 동안 벼룩 한 마리로 몹시 괴로워했다……."

8 네로가 꼭대기 층 창문에서 뛰어내렸다.

칼라일에 따르면 네로(1849~1860년 경)는 "작은 쿠바계 털북숭이(몰티즈? 그렇지 않으면 잡종)인데, 대부분 흰색이며 애교가 매우 많고 쾌활하며 또한 사소한 장점을 지닌 작은 개로, 훈련이 거의 되어 있지 않거나 전혀 되어 있지 않았다." 그 개의 삶에 대한 자료는 많이 있지만 여기서 일일이 밝힐 필요는 없을 것 같고 다음의 사실들만 언급하는 것으로 충분할 것 같다. 그 개는 도둑맞은 적이 있었는데, 그 개는 말 한 필을 살 수 있는 액수의 수표가 목에 묶여 칼라일에게 전달되었다. 칼라일은 '애버다우어에서 네로를 두세 번 바다에 처넣었는데 그는 그것을 전혀 좋아하지 않았다.' 그리고 네로는 1850년에 서재 창문에서 뛰어내렸는데, 철책이 처진 구역을 벗어나 보도에 '철퍼

덕' 떨어졌다. 칼라일 부인은 당시 상황을 이렇게 전했다. "아침 식사를 마치고 난 뒤였는데, 네로는 열린 창문으로 새들을 바라보며 서 있었어요. …… 저는 침대에 누워 있었는데 전나무 칸막이를 통해 엘리자베스가 오, 맙소사, 네로!라고 비명을 지르는 소리가 들려 쏜살같이 아래층 현관문으로 달려갔죠. …… 그러고는 잠옷 바람으로 엘리자베스와 마주쳤죠. …… 칼라일 씨는 턱에 비누를 잔뜩 묻힌 채 침실에서 내려오면서 물었죠. '네로에게 무슨 일이 있었소?' '아 네, 다리가 모두 부러진 게 틀림없어요. 당신 창문에서 뛰어 내렸어요!', '어이쿠!' 그렇게 말하면서 그이는 면도를 마저 하려고 돌아갔죠." 그러나 당시 네로의 뼈는 멀쩡했고, 그는 살아남았다. 그리고 한참 뒤 푸줏간 수레에 치여 사고 후유증으로 결국 1860년 2월 1일에 죽었다. 그는 체인 로에 있는 정원 언덕의 작은 돌판 아래에 묻혔다.

그가 자살하려고 한 건지, 아니면 칼라일 부인이 넌지시 말하듯 단지 새를 쫓아 뛰어내린 건지는 개 심리학에 대한 매우 흥미로운 논문의 근거가 될지도 모르겠다. 바이런의 개가 주인과 공감하면서 미쳤다고 생각하는 이들이 있다. 그래서 네로가 주인 칼라일과 친밀해지다 보니 심한 우울증에 빠졌다고 생각하는 사람들도 있다. 개를 엘리자베스 시대 개, 아우구스투스 시대 개, 빅토리아 시대

개 등 구분해 부를 수 있든 없든 시대정신과 관련된 개들에 대한 모든 질문은, 그 주인들의 시와 철학이 개에게 미친 영향과 더불어 여기서 다룰 수 있는 이상으로 더 충분히 논의되어야 마땅하다. 그러니 당분간은 네로의 동기가 제대로 밝혀지지 않을 것이다.

9   스스로 안 보인다고 믿고 있던 에드워드 불워리턴 경

《빅토리아 시대의 유년기A Victorian Childhood》를 쓴 후스 잭슨 부인은 이렇게 전한다. "몇 년이 흐른 뒤 아서 러셀 경이 내게 말해 준 사실인데, 그가 어렸을 때 어머니가 넵워스로 데려갔다고 한다. 다음 날 아침 그가 커다란 방에서 아침을 먹고 있는데 낡은 실내복을 입은 이상한 모습의 노신사가 들어오더니 그 방에 있던 손님들을 한 사람씩 차례차례 쳐다보며 탁자 주위를 천천히 걸었다. 그는 이웃에 살던 사람이 어머니에게 속삭이는 소리를 들었다. '신경 쓰지 마세요. 저 분은 자기가 안 보인다고 생각해요.' 그 사람이 바로 리턴 경이었다."(pp. 17~18)

10 이제 죽었다.

플러시가 죽었다는 것은 확실하다. 그러나 사망일과 사망사유는 알려져 있지 않다. 유일하게 참고할 만한 내용은 "플러시는 행복한 노후를 보냈고 카사 기디의 지하 납골당에 묻혔어요."라는 진술이다. 브라우닝 부인은 피렌체에 있는 영국인 묘지에, 로버트 브라우닝은 웨스트민스터 사원에 묻혔다. 그러므로 플러시는 그 옛날 브라우닝 가족이 살았던 그 집 아래에 여전히 누워 있다.

"당신의 시를 온 마음으로 사랑합니다.

당신의 시는 내 속으로 들어와 나의 한 부분이 되었습니다.

온 마음으로 당신의 시들을 사랑하고, 당신도 사랑합니다."

"제 시가 꽃이라면

저의 나머지 부분은

흙과 어둠에 어울리는 한낱 뿌리에 불과하답니다."

"그대의 사랑이 지속하는 한

언제까지나 기다리겠습니다.

죽음이란 아무것도 아닙니다.

그대여, 사랑해 주지 않으시렵니까."

"당신이 저를 사랑해야 한다면

오직 사랑만을 위해 사랑해 주세요.

제 뺨에 흐르는 눈물 닦아 주고픈

연민 때문에 사랑하진 말아 주세요."

영국 문학사상 최고의 러브스토리로 꼽히는 빅토리아 시대의 여류시인 엘리자베스 배럿 브라우닝Elizabeth Barrett Browning과 여섯 살 연하의 로버트 브라우닝Robert Browning이 주고받은 연애편지에 나오는 시들이다. 버지니아 울프는 두 시인의 사랑을 모티브로 이 작품《플러시》를 썼다. 플러시는 바로 엘리자베스 배럿 브라우닝이 키우던 반려견으로 두 사람의 사랑을 가장 가까이서 지켜본 장본인이기도 했다.

1931년 봄, 형식과 문체 면에서 대담한 실험적 작품인《파도The Waves》를 완성한 버지니아 울프는 정신적으로나 육체적으로나 매우 지쳐 있었다. 그래서 다음 작품은 그렇게 어렵지 않고 빨리 끝낼 수 있으면서도 다소 모험적인 주제의 작품을 쓰고 싶었다.

《파도》탈고 후 시달리던 스트레스와 고통을 해소하려고 엘리자베스 배럿 브라우닝의 시와 편지들을 읽던 중 자주 언급되는 반려동물 플러시에게 차츰 매료되었다. 엘리자베스의 연애편지에 등장하는 플러시의 모습이 너

옮긴이의 말

무 웃겨서 이번에는 코커스패니얼에 관한 책을 써야겠다고 마음먹었다. 그러나 그것이 한 권의 책으로 완성되어 나오는 과정은 그리 순탄하지는 않았다.

버지니아 울프는 친구인 자일스 스트레이치가 쓴 작품 비슷하게 《플러시》도 장난스러운 농담처럼 쓰려 했지만, 작업을 시작한 지 얼마 되지 않아 자일스 스트레이치가 위암으로 갑작스레 사망했다. 자신감을 잃은 울프는 1932년 12월 완성된 초고를 보며 쓰레기처럼 하찮은 작품이라고 스스로 평가절하했다. 그러나 코커스패니얼의 시선으로 바라본 엘리자베스 배럿 브라우닝에 대한 이 기발한 전기는 우여곡절을 거쳐 결국 1933년 언니인 바네스 벨의 삽화 네 점을 곁들여 출판되었다.

작가 자신은 어렵지 않게 장난스러운 농담처럼 쓰려고 했다지만 이 작품 역시 울프 특유의 스타일에서 크게 벗어나지는 않는다. 즉 전통 소설의 관습에 따르지 않고 '의식의 흐름 기법'을 사용하여 느닷없이 어느 시점, 어느 장소에 있는 인물의 마음속으로 들어가 버린다. 그래서 독자는 그 인물이 되어 주변 사람들의 생각, 표정, 감정을 눈치껏 살펴 이해하려고 노력하는 수밖에 없다.

한마디로 작가는 사람들의 '밖에서' 상황을 설명하기보다는 사람들의 '내면으로 들어가' 밖에서는 보이지도 들리지도 않는 인물의 마음속 느낌과 생각을 포착한다.

하물며 이 작품에서는 사람도 아닌 개의 의식의 흐름을 따르다 보니 작품 배경에 대한 사전 지식이나 맥락을 잘 모르면 이해하기가 쉽지는 않다.

　버지니아 울프와 엘리자베스 배럿 브라우닝은 동시대에 산 것이 아니었고, 근본적으로 성격이 달랐지만 비슷한 점이 많았다. 두 사람 다 독학으로 공부하여 당대의 지성인들, 문인들, 예술가들과 교류했고, 억압적인 가부장제 사회에 저항했으며, 문학에서는 새로운 실험과 혁신을 감행했다. 개인적으로는 어머니를 일찍 여의었고, 엘리자베스는 육체적 질병으로, 버지니아 울프는 심한 우울증이라는 정신적 질병으로 고통받았다. 그런 이유로 두 사람은 반려견의 무조건적인 사랑과 그들이 주는 안정감에 의지하며 위로와 영감을 얻었을 것이다.

∞

　엘리자베스 배럿 브라우닝은 1806년 영국의 더럼에서 아버지 에드워드 몰턴 배럿Edward Moulton Barrett과 어머니 메리 그레이엄 클라크Mary Graham Clark 사이에서 열두 남매 중 장녀로 태어났다. 아버지 에드워드 배럿의 집안은 신대륙에서 노예무역으로 부를 축적하여 자메이카에 많은 소유지를 가지고 있는 재력가였으므로 엘리자

191

베스는 어려서부터 풍족하게 자랐다. 1809년 가족은 헤리퍼드셔 레드베리에 있는 호프엔드에 터키풍의 화려한 새 저택을 지어 이사했다. 호프엔드에서 보낸 시간은 엘리자베스가 가장 야심작인 《오로라 리 *Aurora Leigh*》(1856년)를 쓰는 데 영감을 주었을 것이다.

엘리자베스는 학교에 가지 않고 집에서 남동생들의 가정교사에게 교육을 받았는데, 어려서부터 다른 형제들과 달리 책 읽기를 좋아하여 네 살 때부터 시를 쓰기 시작했고, 존 밀턴과 셰익스피어의 작품들을 열 살이 되기도 전에 읽었으며, 곧 고전 문학과 형이상학에 지적으로 심취하였다.

열네 살이던 1820년에는 네 권으로 된 서사시집 《마라톤 전투 *The Battle of Marathon*》를 아버지가 생일 선물로 출간해 주기도 했다. 1826년에는 정식으로 출간된 첫 시집 《마음에 관한 에세이와 기타 시들 *An Essay on Mind, with other Poems*》이 나왔고, 이 시집의 출간으로 그리스 문학을 전공한 학자들과 서신을 주고받으면서 그리스 문학을 공부하게 되었다.

메리 러셀 미트포드는 젊은 엘리자베스를 "가볍고 섬세한 몸매, 가장 표현력이 뛰어난 얼굴 양쪽에 짙은 컬이 쏟아지고, 크고 부드러운 눈은 짙은 속눈썹에 풍성하게 감겨 있고, 햇살 같은 미소를 띠고 있다"고 묘사했는데, 이 무렵부터 엘리자베스는 질병을 앓기 시작했다. 머리와 척추에 심한 통증을 느껴 거동이 불편할 정도였는데, 정확한 원인은 알 수 없었다. 말에서 내리다 넘어진 후유증으로 보는 주장도 있지만 확실히 입증되지는 않았다.

1828년에 어머니가 사망하자 이모인 사라 그레이엄 클라크가 와서 남매들을 돌봐 주기 시작했는데 의지가 강했던 엘리자베스와 종종 충돌했다. 한편 아버지 에드워드 배럿은 노예제도가 폐지되고 여러 소송에 연루되다 보니 재정적으로 엄청난 손실을 겪게 되어 호프엔드를 처분하는 수밖에 없었고, 가족은 몇 년 뒤인 1838년 이 작품의 주된 배경이 되는 윔폴가 50번지에 정착하였다.

1837년에서 1838년 사이에 엘리자베스는 병으로 다시 쓰러졌는데, 폐결핵 증상을 보이자 의사의 권유로 데본셔 해안의 토키로 요양을 떠났다가 1841년에 돌아왔다. 윔폴가에 사는 동안 엘리자베스는 대부분의 시간을 자신의 방에서 보냈다. 병에서 어느 정도 회복되기는 했어도 몸 상태가 좋지 않았으므로 가족을 제외하면 만나는 사람이라고는 메리 미트포드, 존 케년을 비롯한 몇 명의 지인이 전부였다.

이러한 엘리자베스를 가엾게 여긴 미트포드의 배려로 코커스패니얼인 플러시를 선물 받아서 키우기 시작했다. 그리고 번역, 운문, 산문 등 여러 분야에서 작품을 발

193

표했다. 1842년 잡지 《블랙우즈Blackwoods》에 발표한 시 〈아이들의 절규"The Cry of the Children"〉에서는 아동에 대한 노동 착취를 비판했고, 1844년 샤프스베리Shaftesbury 경의 10시간 법안에 대한 지지를 강화함으로써 아동 노동 개혁을 이끌어 내는 데 도움을 주었다.

1844년에 《시The Poems》를 출간하자 엘리자베스는 인기 작가의 반열에 올라섰고 당시 여섯 살 연하의 무명 시인이었던 로버트 브라우닝Robert Browning은 이 시를 읽고 감동하여 열렬한 구애 편지를 보낸다. 엘리자베스는 시한부 인생이나 다름없던 자신의 처지 때문에 처음에는 브라우닝의 구애를 거절했다. 그러나 그의 끈질긴 구애와 변함없는 사랑에 마음을 열었고, 1845년 5월 20일 케년의 주선으로 처음으로 만나게 된다.

1년 여 동안 편지를 주고받고 만남을 지속하며 사랑을 키워 가던 중 브라우닝은 마침내 청혼을 하고 엘리자베스는 이를 받아들인다. 하지만 결혼한 자식에게는 재산을 한푼도 상속하지 않겠다고 선언한 아버지가 반대할 것을 알고 있었기 때문에 두 사람은 1846년 9월에 하녀인 윌슨을 증인 삼아 비밀리에 결혼식을 올리고 이탈리아로 도망쳤다.

결혼 전 병석에 누워 지낼 만큼 건강이 안 좋았던 엘리자베스는 사랑의 힘 덕분에 건강을 많이 회복하여

15년을 더 살았고, 43세에는 아들까지 낳았다. 이 작품 속에 페니니라는 애칭으로 등장하는 아들 로버트 와이드먼 배럿 브라우닝Robert Wideman Barrett Browning은 훗날 조각가로 성장했고, 어머니와 아버지의 원고들과 회고록을 정리하여 출간하기도 했다.

엘리자베스는 결혼 후에는 많은 사랑 시 소네트를 썼는데, 남편인 로버트의 주장에 따라 시집으로 발표함으로써 시인으로서의 지위를 더 확고히 다지고 많은 인기를 얻었다. 워즈워스가 죽은 후인 1850년에는 계관시인 승계 후보로 거론되기도 했지만, 테니슨으로 결정되는 바람에 영예를 누리지는 못했다. 1856년에 출간된 《오로라 리》는 야심적인 장시 작품으로 인기를 누렸다.

지속적으로 작품을 쓰고 발표하던 부부는 작가인 이사 블라그덴과 친구가 되었고 조각가 해리엇 호스머, 알프레드 테니슨, 존 포스터, 새뮤얼 로저스, 토머스 칼라일 부부, 찰스 킹슬리와 존 러스킨 등 많은 문인과 예술가들과 교류했다. 1860년에는 이탈리아인들의 정치적 사건을 다룬 시집 《의회 이전의 시Poems before Congress》를 남편에게 헌사하며 출간했다.

1860∼1861년 겨울을 로마에서 보낸 뒤 엘리자베스의 건강이 악화되자 부부는 1861년 6월 초에 피렌체로 돌아갔다. 통증을 완화하기 위해 계속 모르핀을 사용

할 수밖에 없었던 엘리자베스는 점차 쇠약해졌고 결국 1861년 6월 29일 남편의 품에서 숨을 거두었다. 브라우닝은 그녀가 "웃으면서, 행복하게, 그리고 소녀 같은 얼굴로" 떠났다고 마지막 모습을 전했다.

∞

이 작품은 제목과 부제에서 알 수 있듯이 플러시라는 개의 전기이다. 개나 고양이 등의 반려 동물을 키워 본 사람이라면, 때로 그들의 눈동자나 시선을 바라보며 그들은 함께 사는 주인이나 세상을 어떤 방식으로 이해할지, 자의식은 있을지, 무슨 생각을 할지 궁금한 적이 많을 것이다. 이 작품은 그러한 상상에 불을 지피는 유쾌하면서도 발칙한 이야기다.

그러나 작품을 읽어 보면 사실은 개의 시선으로 본 엘리자베스 배럿 브라우닝의 전기이기도 하다. 또 어찌 보면 개의 관점에서 본 한 편의 소설처럼 읽힐 수도 있다. 버지니아 울프는 플러시라는 개의 삶을 통해 도시의 부자연스러운 생활방식에 대해 비판하거나 귀족사회의 허영심을 꼬집기도 하고, 페미니즘, 여성과 약자에게 억압적인 가부장적 사회구조, 계급갈등에 이르기까지 다양한 주제를 건드린다. 그러면서도 재치 넘치는 풍자와 묘사로

타인과의 교감, 인간에 대한 이해, 인간사회에 대한 통찰력을 보여 준다.

군이 이런 거창한 주제를 생각지 않더라도 재치 넘치는 심리 묘사나 냄새, 소리, 풍경의 미묘한 변화들을 섬세하게 포착한 표현들을 보노라면 새삼 버지니아 울프의 재능에 탄복하지 않을 수 없다. 그 신선하고도 절묘한 문장에서 느껴지는 순수한 기쁨과 즐거움을 독자들도 느꼈으면 좋겠다.

서미석

버지니아 울프 연보

본명: 애들린 버지니아 스티븐Adeline Virginia Stephen

1982년 1월 25일 아버지 레슬리 스티븐과 어머니 줄리아 스티븐 사이에서 출생. 아버지는《영국인명사전》을 편찬하고《콘힐 매거진》을 편집한 지식인인 동시에 에세이 작가로, 버지니아 집안은 빅토리아 시대의 문화와 교양의 중심부에 있었음.

1895년 어머니 사망으로 신경 쇠약 증세를 보이기 시작.

1897년 킹스 칼리지에서 그리스어와 역사 수업을 청강.

1899년 클라라 페이터로부터 라틴어와 그리스어를 배움.

1902년 재닛 케이스로부터 고전을 배움.

1904년 아버지 레슬리 스티븐 사망. 버지니아 최초로 자살 기도. 이탈리아·프랑스 여행.

1905년 몰리 칼리지의 주간 대중 교양강좌에서 가르침. '블룸즈버리 그룹' 시작. 포르투갈·스페인 여행.

1906년 4남매 그리스 여행. 오빠 토비 사망.

1907년 언니 바네사 결혼. 남동생 에이드리언과 히츠로이 스퀘어로 이사.

1908년 언니(바네사)네 부부와 이탈리아 여행.《타임스》의 문예 부록과《콘힐》지에 서평 기고.

1910년 여성 참정권 운동에 참여.

1911년 터키 여행.

1912년 8월 10일 레너드 울프와 결혼. 프로방스·스페인·이탈리아로 신혼여행.

1913년 자살 시도.

1915년《출항 *The Voyage Out*》출간.

1917년 호가스출판사 설립하여 부부 합작품《두 이야기*Two Stories*》

출간.

1919년 《밤과 낮*Night and Day*》을 덕워스출판사에서 출간. 〈현대소설론 "Modern Novels"〉을 《타임즈 리터러리 서플리먼트*Times Literary Supplements*》에 게재.

1920년 《출항》,《밤과 낮》을 미국에서 출간.

1921년 단편집 《월요일이나 화요일*Monday or Tuesday*》을 호가스출판사에서 출간.

1922년 《제이콥의 방*Jacob's Room*》 출간.

1923년 부부가 스페인 여행하고 파리 들렀다가 귀국. 호가스출판사에서 T. S. 엘리엇의 《황무지》 출간.

1925년 《댈러웨이 부인*Mrs. Dalloway*》과 평론집 《일반독자*Common Reader*》 출간.

1927년 《등대로*To the Lighthouse*》 출간. 프랑스·이탈리아 여행.

1928년 《올랜도*Orlando: A Biography*》 출간. 《등대로》로 페미나 문학상 수상.

1929년 《자기만의 방*A Room of One's Own*》 출간. 《포럼》지에 〈여성과 허구 "Women and Fiction"〉 게재.

1931년 《파도*The Waves*》 출간. 프랑스 여행.

1932년 《일반독자》 제2권 출간.

1933년 《플러시, 전기*Flush, A Biography*》 출간. 프랑스·이탈리아 여행.

1935년 네덜란드·프랑스·이탈리아 여행.

1937년 《세월*The Years*》 출간.

1938년 《3기니*Three Guineas*》 출간.

1939년 매클렌버그 스퀘어로 이사.

1940년 《로저 프라이 전기*Roger Frye: A Biography*》 출간.

1941년 마지막 소설 《막간*Between the Acts*》 탈고. 3월 28일 서섹스의 우즈 강에서 자살. 《막간》 출간.

옮긴이 **서미석**

서양 고전 전문 번역가이자 작가.

서울대학교 서어서문학과에서 문학을 공부하고 졸업 후 종합상사에 입사해 무역·외환·홍보·번역 등 다양한 업무를 경험했다.

정말 좋아하는 일이 무엇일까 찾고 고민하다가 접어 두었던 꿈을 기억해 내어 번역가의 길로 들어섰고, 어린 시절 무척이나 좋아했던 서양의 신화와 옛이야기를 비롯하여 다양한 인문서와 역사소설을 번역했다.

《아서 왕과 원탁의 기사》,《에디스 해밀턴의 그리스 로마 신화》,《북유럽 신화》,《칼레발라》,《러시아 민화집》,《아이반호》,《벤허》,《로빈후드의 모험》,《호모 쿠아에렌스》,《있을 수 없는 일이야》,《불멸의 서 77》,《소박한 삶》등을 번역했고, 20년 넘게 다양한 작품을 옮기고 섭렵하며 쌓은 헬레니즘과 헤브라이즘 지식을 바탕으로 유래 깊은 이야기에서 탄생한 영어 표현 366개를 엮어 《하루 영어 교양》을 썼다.